ESTÃO ENTRE NÓS

Manoel Aguilar Filho

Porto de Idéias
EDITORA

São Paulo, 2013

Estão entre nós
Manoel Aguilar Filho

Editor
Sebastião Haroldo de Freitas Corrêa Porto

Coordenação Editorial
Silvana Pereira de Oliveira

Projeto Gráfico e Capa
Otávio Oliveira Silva

Dados Internacionais de Catalogação na Publicação (CIP)
(Câmara Brasileira do Livro, SP, Brasil)

Aguilar Filho, Manoel
Estão entre nós / Manoel Aguilar Filho. --
São Paulo : Porto de Idéias, 2013.

ISBN 978-85-8061-058-1

1. Ficção brasileira I. Título.

13-12104 CDD-869.93

Índices para catálogo sistemático:
1. Ficção : Literatura brasileira 869.93

EDITORA PORTO DE IDÉIAS LTDA.
Rua Perdões, 101 – Aclimação
São Paulo – SP – 01529.030
Fone (11) 3884-3814
www.portodeideias.com.br
twitter.com/portodeideias

Sou grato aos amigos de infância e juventude, que deixaram recordações que jamais se apagarão.

FICÇÃO OU REALIDADE?

Você acredita em bruxas? Em duendes? Acho que sua resposta é não, mas eles existem, assim como existem Papai Noel, Coelho da Páscoa, Super-Homem. Existem na forma criada pela mente humana a partir de uma figura do inconsciente universal.

Você acredita que uma ficção possa transformar-se em realidade? Se a resposta for sim, meus parabéns. Significa que você vivencia o seu dia a dia atento aos progressos alcançados pelo ser humano, principalmente, nas áreas científicas e tecnológicas. Se a resposta for não, temos que trabalhar um pouco em cima da sua resposta.

Vejamos:

Segundo os dicionários, ficção é "ato ou efeito de fingir; construção voluntária ou involuntária da imaginação, criação imaginária, criação fantasiosa, fantástica; quimera".

Pois bem. Na época de Leonardo Da Vinci, qualquer ideia que pretendesse fazer voar um aparelho mais pesado que o ar era considerada fantasia. Entretanto, o esboço do helicóptero de Leonardo virou as máquinas voadoras de hoje. A ideia já havia começado com Ícaro.

Júlio Verne foi até a Lua com seu possante canhão para visitar os selenitas. Mais tarde o homem viajou à Lua nos modernos foguetes. Júlio Verne imaginou o Capitão Nemo e, com seu Nautilus, singrou as profundezas do oceano. Hoje os submarinos viajam sob as águas profundas dos mares, pouco retornando à superfície.

Lembra-se de Flash Gordon viajando em uma nave no espaço sideral? E o homem na Estação Internacional Alpha, saindo fora dela para consertar o telescópio Hubble?

Muitos outros fatos considerados ficção tornaram-se realidade.

Apesar das definições de "ficção" como criação fantasiosa, fantástica etc., como dizem os dicionários, resta analisar a ficção por outros ângulos, ou seja, sob os aspectos filosófico, psicológico e doutrinário.

Para se chegar a um entendimento, mister se faz compreender as funções do nosso inconsciente e subconsciente. O inconsciente nada mais é que o celeiro de fatos outrora conscientes, mas reprimidos e que podem, a qualquer momento, retornar ao consciente. É um processo de represamento de experiências de épocas anteriores sem acesso imediato, ou seja, um ato psíquico não deliberado.

O subconsciente, por seu lado, é o registro de todas as experiências conscientes passadas pelo ser durante sua evolução biológica e espiritual. Em outras palavras, é o depósito de informações, fatos e experiências que poderá ser acessado, não de imediato, mas com maior rapidez, diferentemente do acesso ao inconsciente, por ser um ato psíquico deliberado.

Trocando em miúdos: inconsciente e subconsciente são depósitos de conhecimentos, fatos e atos praticados pelo ser em suas épocas anteriores que, na sua ulterior vivência, poderá utilizá-los para o progresso em constante evolução.

Desta feita, chega-se à conclusão de que não existem no Universo "invenções" e sim "descobertas". Não se inventa. Descobre-se o que já existiu em eras passadas, gravado no subconsciente do homem, via o acesso deliberado do estado psíquico do indivíduo.

Portanto, ficção vem a ser a precognição de um fato ou ato que já existiu e que, em algum tempo, poderá tornar-se realidade pelo homem.

Você acredita em discos voadores? Ou melhor, Objetos Voadores Não Identificados? Já viu algum OVNI? Já fez contato com algum tripulante de disco voador? Se você não acredita, tais perguntas ficam sem efeitos. A maioria responde que não acredita e que, tais objetos, são produtos da imaginação humana. Alguns relatam que já viram, fotografaram, mantiveram contato com tripulantes de naves, mas caíram no descrédito por não apresentarem provas concretas. Se você é uma dessas pessoas, se você tem dúvidas a respeito, este livro irá provar que discos voadores ou OVNIS não fazem parte da imaginação humana. Eles existem.

Na verdade, essas naves existem, descem neste planeta desde o início da nossa civilização, desde a era Adâmica. Você terá provas a respeito e, se você for um "escolhido", irá reconhecer os "alienígenas" que fazem parte do nosso cotidiano e que convivem pacificamente conosco.

Você acredita no fim do mundo? Leia o livro!

SUMÁRIO

PREFÁCIO

Índio, um simples funcionário público, era portador de conhecimentos extraordinários compartilhados por milhares de seres da Terra e de outro planeta. Esses conhecimentos revelavam uma estarrecedora verdade: o fim do mundo, ou melhor dizendo, a renovação da civilização do planeta Terra. Esses conhecimentos deveriam ser transmitidos para Mozart, um pesquisador de Objetos Voadores Não Identificados (discos voadores). Mozart, por sua vez, deveria transmitir tais conhecimentos para pessoas escolhidas formando, assim, uma grande corrente na tentativa de minimizar os efeitos da transformação que a Terra iria sofrer futuramente. Índio tentou, mas a descrença de Mozart era um obstáculo. Este livro é escrito por indicação do "Mentor Espacial" com o objetivo de alertar o povo da Terra e seus governantes para a transformação que o planeta irá sofrer num tempo não muito distante, se não forem tomadas providências necessárias para cuidar melhor do planeta.

TERRA VERDE

Em 1986, após algumas andanças pelo mundo, Mozart foi parar numa cidade do interior para fazer uma pesquisa e relatar ao seu Departamento os acontecimentos veiculados na imprensa da cidade a respeito do aparecimento de discos voadores. Trabalhava para uma Organização Não Governamental (ONG), o Centro de Pesquisa de Objetos Voadores Não Identificados (CPOVNI).

No dia 14 de agosto de 1986, numa quinta-feira, instalou-se no Hotel Central, uma construção antiga, mas aconchegante. Era o único hotel da cidade, com meia dúzia de pensões para acudir os viajantes. Jantou, tomou um banho, leu o jornal da cidade que informava de página cheia os acontecimentos em evidência e foi dormir. Tinha dirigido mil e duzentos quilômetros debaixo de chuva e em cima de buracos nas estradas mal conservadas. Cansado da viagem, desligou o despertador e dormiu doze horas seguidas.

No dia seguinte, sexta-feira, acordou de manhã com a campainha tocando e o convite para o café.

A garçonete do hotel, Irene, cumprimentou-o com um largo sorriso. Bonita, olhos azuis, esguia, vestido branco (uniforme) contornando seu corpo, a saia acima dos joelhos mostrava pernas bem torneadas, cabelos castanho-claros formando uma trança. Não tirava os olhos de Mozart. Seu sorriso, um tanto maroto, mexeu com Mozart. Para não demonstrar sua timidez, tentou um elogio:

— Irene, todas as moças desta cidade são bonitas como você?

— Bondade sua. Todas elas são mais bonitas. O senhor deseja mais alguma coisa?

— Não, obrigado. O café está ótimo, mas gostaria de conversar com você e lhe fazer algumas perguntas se me permitir, posso?

— Claro. Pode ser depois que terminar o atendimento?

— Claro. Aguardarei no salão.

Curiosa sobre o que Mozart queria conversar, distraiu-se, tropeçou numa cadeira e a bandeja com xícaras, pires e copos foi ao chão. Meio sem jeito sorriu, olhando para Mozart. Ele se levantou e ajudou recolher os cacos, olhando nos olhos dela.

Meia hora mais tarde Irene aparece no salão com sua imagem modificada: cabelos longos soltos, blusa e saia ajustadas no corpo.

— Desculpe a bagunça que aprontei. Sou mesmo desastrada. Às suas ordens. O que deseja saber?

— Esqueça o incidente. Pode acontecer com qualquer um. Quanto tempo você mora nesta cidade?

— Eu me criei aqui, por quê?

— Gostaria de saber o que você acha sobre essa história de discos voadores sobre a cidade. Você acredita? Já viu algum?

Irene olhou-o fixamente, sem aquele sorriso, esperou alguns segundos, como se estivesse escolhendo as palavras:

— Senhor, senhor...

— Mozart, sem o senhor.

— Acredito, já vi, centenas de pessoas viram, continuam vendo e juram que existem. O senhor Baltazar, dono do hotel, presenciou um fato interessante. Se o senhor conversar com ele, poderá dar-lhe maiores detalhes.

"Dono do Hotel", pensou Mozart. "Propaganda para mais clientes e turistas curiosos". Foi apanhado por pensamentos de descrédito e se distraiu.

— Mozart — chamou-o sem o "senhor". Quanto quer por seus pensamentos?

— Como?

Voltou à realidade.

— Você ficou distraído e distante.

Mozart sorriu olhando nos olhos de Irene e falou:

— Achei interessante como vocês lidam com esse assunto. Como observei no jornal da cidade, vocês dão enorme relevância ao fato, mas sem qualquer prova material.

— O povo daqui é simples e acredita no que vê. É claro que alguns podem aumentar um pouco, mas falam a verdade. Não mentem.

Mozart percebeu um certo ressentimento na voz de Irene, encerrou a conversa e fez menção de se levantar.

— Vai ficar muito tempo na cidade?

— Alguns dias, talvez.

— Se você for ao centro, visite o Bar do Zeca, o melhor bar da cidade.

"Mais propaganda", pensou Mozart, agora de bar.

Manhã ensolarada. Foi ver a cidade, de nome *sui generis:* "Terra Verde".

A pequena cidade de Terra Verde, de fato, faz jus ao nome. Os olhos de Mozart se extasiaram com o verde que vestia a cidade. Tudo verde, verde e mais verde de fazer inveja às grandes cidades. Árvores bem tratadas e o sol refletindo nas folhas como se estivessem molhadas pela chuva. Muito bem arborizada, flores nas jardineiras bem cuidadas, o ar puro, deliciosamente puro. As casas e os poucos edifícios eram pintados com cores claras, puxando para o verde. Todas as casas ostentavam plantas no jardim de frente ou em vaso de flores nas janelas. Um chafariz no centro da praça esguichava água e gotículas repingavam nos transeuntes, refrescando o calor que já era quente às dez horas da manhã.

Poucos veículos a motor, bicicletas de entregas e de passeio circulavam ao lado das charretes e carroças. Cavaleiros trotavam e as ferraduras dos cavalos riscavam o calçamento, tudo montando o cenário de uma cidade do interior.

No lado oeste da cidade erguiam-se duas colinas que o povo chamava de montanhas. Mozart encheu os pulmões de ar e se lembrou da capital sem muita saudade.

Os prédios existentes, na maioria com quatro ou cinco andares, eram bem conservados. O maior de todos, a Biblioteca Municipal com seus seis andares, abrigava uma escola, um departamento cultural, uma sala de cinema e a Câmara Municipal. Sua população de setenta mil habitantes, dos quais trinta mil moravam ou trabalhavam na zona rural, aparentava ser calma e ordeira. Pequenas propriedades rurais, sítios e granjas completavam a periferia da cidade.

Em três horas de caminhada Mozart cobriu a maior parte da cidade, sem muito esforço, por estar localizada num planalto. Resolveu voltar ao hotel para almoçar e reservar a tarde para alguns contatos. De repente, ao atravessar a rua, alguém agarrou seu braço por trás. Levou um susto e deu de frente com um rapaz moreno, alto, forte, trajando roupas simples, com vinte anos de idade aproximadamente.

— Por favor, moço, me ajuda, não quero ficar mais aqui, quero voltar pra casa.

Mozart sentiu o braço doer. Tentou uma reação, mas o rapaz era muito forte e não o largava.

— Por favor, me leve daqui.

Mozart, assustado, pensou em gritar por ajuda, mas as pessoas que passavam por ele estavam alheias à cena até que uma voz feminina se ouviu.

— Clayton, solte o braço do moço. Vamos pra casa, já é hora do lanche que você gosta. Venha. Desculpe moço, ele não machuca ninguém, está apenas um pouco desorientado.

Mozart, ainda um pouco assustado, nada respondeu.

ENCONTRO COM ÍNDIO

Às quinze horas bateu a curiosidade de conhecer o melhor bar da cidade recomendado por Irene: o Bar do Zeca. Sol quente, temperatura razoável, o bar era bem arejado e bem frequentado. Ventiladores de teto giravam, refrescando os suados bebedores de cerveja. O vozerio era reinante e aparentava um ambiente descontraído, apesar do regime militar que vigorava no país. Tipicamente centrado na boemia, com cadeiras e mesas rústicas, toalhas xadrezadas, limpas, três garçonetes bem uniformizadas, sorridentes e solícitas atendiam os clientes.

— Vai querer uma mesa? — perguntou a garçonete com um largo sorriso. Vai ter que esperar um pouco, o bar está lotado.

Aspirantes a cantores de tango davam um clima nostálgico ao bar. Mulheres, as poucas que entravam, faziam suas compras e iam embora, sempre ouvindo algum gracejo. Mozart resolveu voltar mais tarde.

Andou pelo centro da cidade, manteve alguns contatos, conversou com testemunhas oculares. Algumas aderiram ao assunto com muita ênfase, outras desconversaram. Acabou se decepcionando com as informações que coletou. Não eram diferentes de todas as que obtivera em outros lugares: sem quaisquer provas.

Quase anoitecendo, o calor e a sede levaram-no ao Bar do Zeca.

As mesas ainda estavam ocupadas. Lançou um olhar suplicante para os fundos do estabelecimento. Tinha uma mesa ocupada por uma única pessoa aparentando seus cinquenta anos, cabelos grisalhos e um farto bigode. Num relance projetou uma tela mental e deu-se o contato. Foi convidado a sentar-se. Suspirou aliviado, pois a sede gritava alto e pediu logo uma cerveja bem gelada.

— Obrigado — agradeceu.

— Não precisa. A companhia é bem-vinda.

— Mozart, prazer.

— Marco, mas pode me chamar de Índio.

Conversaram sobre o tempo, discutiram futebol (Índio era corintiano). Evitaram falar do governo por motivos óbvios. Conversa vai, conversa vem, Mozart descobriu que Índio curtia sua viuvez, que frequentava o bar, de preferência às sextas-feiras e, sobre o apelido, mais tarde ficaria sabendo como virou "Índio". Mozart contou-lhe o que fazia na vida: escrevia. Mitigada a sede e esgotados os assuntos, voltou ao hotel.

Fim de semana, segunda e terça-feira passaram rápidos com as entrevistas que fez a alguns habitantes da cidade sobre o acontecimento ufológico. Uns confirmavam, outros estilizavam a história, alguns indicavam um amigo próximo para reforçar seu testemunho. Teve um informante que "conversou" com alienígena em sua língua estranha. Aos poucos, conseguiu montar uma colcha de retalhos de informações que lhe rendeu várias páginas para o relatório.

Quarta-feira, já escurecendo, encontrou Índio. Este convidou Mozart para conhecer sua casa. Situada na periferia da cidade, era de alvenaria, pintada com cores vivas, jardim de frente bem cuidado, o interior simples e aconchegante, flores nos vasos cheiravam jasmim. Os móveis de estilo colonial dava um ar solene ao ambiente e contrastava com um telescópio e câmera posicionados na janela da sala. O telescópio deixou Mozart curioso, mas não questionou a respeito.

Apresentou sua irmã, Juracy. Com seus quarenta anos, simpática, morena de olhos verdes, apresentava os traços fisionômicos do irmão. Cumprimentou Mozart sorrindo e se retirou. Conversaram sobre a situação do governo e a conversa descambou para discos voadores. Mozart enfrentou uma série de perguntas de Índio.

— Mozart, você visitou algumas pessoas que lhe disseram ter visto os discos voadores sobre Terra Verde. Chegou a colher algumas provas? Alguma conclusão? Você acredita que existem discos voadores?

As perguntas não surpreenderam Mozart. Pensou por alguns segundos e respondeu:

— Senhor Marco, o meu serviço é checar todas e quaisquer informações sobre o assunto. Faço esse tipo de serviço há vários anos e, ainda, não me convenci da existência dos OVNIS. Para acreditar em algo é necessário que esse algo exista, que haja prova material de sua existência e que essa prova não deixe qualquer motivo para discussão. Enfim, a existência da materialidade desse algo deve ser indiscutível. Significa que minha resposta seria não. Entretanto, devido ao farto material que coletei durante vários anos, em diversos lugares do mundo, me torna propenso a mudar de opinião, assim que apalpar alguma prova.

Índio ouviu sério e em silêncio.

— Desculpe, algo me diz que você não é só escritor e, pela forma como você aborda as testemunhas, você é um persistente pesquisador. O fazendeiro Negretti disse-me que você vai a fundo nos questionamentos, na exigência de provas e que você não se convence facilmente. Há quanto tempo você pesquisa sobre esse assunto?

— Uns dez anos. Mas...

— E não chegou a nenhuma conclusão.

— Muitos indícios de prova, fotos, desenhos, mas nada conclusivo.

— Então você não acredita. Você crê se pegar com suas próprias mãos e ver com seus próprios olhos, ou seja, Mozart São Tomé.

Essa observação do Índio deixou Mozart aborrecido, desconfortável. Sentiu-se criticado. Precisou inspirar profundamente, transportar-se para um lugar bem distante e reagrupar seus pensamentos.

— Não, não quis magoá-lo. Eu e minha boca grande...

— Não. Não me magoou. Ao contrário, você me alertou para um fato para o qual até hoje não dei importância: ser mais objetivo ao pesquisar o assunto e acreditar nas pessoas. Prometo refletir a respeito e voltaremos ao assunto, se me permitir.

— À vontade, quando você quiser.

A conversa parou por aí, mas deixou em Mozart um sentimento de fraqueza diante de verdades que a gente não dá a devida importância e acaba levando a um estado de comodismo materialista. Fé e procedimentos podem ajudar a desvendar mistérios. Entretanto, Mozart ficou impressionado pelo modo como a observação do Índio foi feita: de forma firme, direta.

Mozart passou o resto da semana nas suas visitas à zona rural, sem visitar o Bar do Zeca.

Fim de tarde. Encontrou Índio no hotel e resolveu comentar sobre alguns depoimentos e repetitivos comentários dos entrevistados. Índio estava calado, pensativo.

— Mozart, você pretende ficar quanto tempo nesta cidade?

— Não tenho prazo fixado. Posso ir embora amanhã, daqui a um mês, dois, quem sabe. Expedi relatórios e até agora não recebi retorno e estou em compasso de espera. A qualquer momento posso ser intimado a voltar à capital. Por quê?

— Porque tenho uma proposta a fazer e vou ser direto. Sou aposentado e sempre tive vontade de contar a minha vida publicamente, ou seja, escrever minha história. Pôr pra fora as mazelas e alegrias que vivi, reviver meu tempo de infância e juventude, confessar meus pecados e penitenciar-me deles, dizer algumas verdades, mentiras e... gostaria que alguém escrevesse. Você poderia fazê-lo.

— Mas eu não sou escritor.

— Você me disse que era.

— Disse que escrevo. Não escrevo livros. Escrevo relatórios.

Mozart ficou imaginando por que Índio queria contar a sua vida. O que de interessante teria para contar. Um artista, um médico, um político proeminente, alguma figura humana de grande destaque trariam ao leitor alguma contribuição importante nas suas biografias, mas um índio! Não conseguia imaginar. Entretanto, bateu-lhe uma curiosidade e se envergonhou dos pensamentos mesquinhos. Resolveu dar uma chance e ouvi-lo.

— Em troca mostro-lhe algo muito interessante que pode mudar seu modo de ver as coisas.

— E o que seria?

— Prometo que você não vai se arrepender, topa?

— Não sei não. Receio não poder atendê-lo a contento e deixá-lo frustrado. Nunca escrevi um livro, desconheço as regras para editar.

— Quanto a isso não se preocupe. Eu me incumbo dessa parte, só quero que você escreva. Quanto a algo interessante que lhe falei, é sobre discos voadores. Garanto que você vai gostar.

"Mais uma estória para os meus relatórios", pensou Mozart. Suspirou desanimado. Ia desistir, mas Índio falou:

— Eu lhe mostro primeiro, depois você decide, ok?

— Acho viável, ok.

— Amanhã, domingo, espero você aqui às cinco da tarde.

Mozart acordou às nove horas da manhã com uma dor de cabeça anunciando uma intempestiva ressaca. Intempestiva, pois suas ressacas, costumeiramente, acontecem nas segundas-feiras.

VISITA À BIBLIOTECA

Pediu à copa um chá de boldo, fez um desjejum leve e, quarenta minutos depois, estava em plena forma. Circulou na praça, resolveu não almoçar para não provocar o Dr. Fígado.

Resolveu visitar a Biblioteca Municipal e procurar algum livro relacionado com o tema, se bem que não há livros, relatórios, depoimentos, palestras etc. que não tenha lido ou tomado conhecimento. Leu alguns títulos e trechos, pois seu trabalho era sempre pesquisar o assunto. Horas se passaram. Pegou um livro cujo título lhe chamou atenção: "Discos voadores existem", autor M. Polo I. Volume um tanto gasto, demonstrava ter sido bastante manuseado. Era uma publicação bem antiga, sem especificar edição, autor desconhecido por Mozart. Pegou com cuidado, passou vista em alguns subtítulos, trechos e chegou à conclusão que era, nada mais nada menos, repetição de tudo que já havia lido.

A certa altura deparou com uma folha de papel, dobrada, com um desenho rústico de uma paisagem, com certeza usada para marcação de página. Na mesma folha havia o desenho de um símbolo estranho para Mozart. Nenhum escrito. Devolveu o volume à estante, retornou ao hotel e resolveu tirar um cochilo.

A "MONTANHA" DE TERRA VERDE

Talvez o efeito do chá de boldo ou da ressaca fez Mozart cair num sono profundo. Acordou assustado com pancadas na porta. Levantou às pressas, de cuecas, abriu com cuidado uma fresta e viu que era visita para o quarto ao lado.

Voltou para a cama e o despertador tocou. Então, lembrou-se do compromisso com Índio. Encontrou-o em frente ao bar, sentado à direção de um Jeep bem judiado pelo uso.

— Bem na hora, como manda a educação.

— Pelo visto vamos fazer um tour Off Road.

Índio sorriu. Tirou do porta-luvas uns óculos escuros. Escuros, não. Pretos, que cobriam a frente e laterais, bloqueando totalmente a visão.

— Pra que esse treco? O sol já está se pondo.

— Desculpe por não ter avisado antes. O lugar onde vamos é secreto e não pode ser divulgado. Tenho confiança em você, mas faz parte do jogo. Rogo a você que confie em mim.

Mozart teve uma sensação estranha e ficou receoso com o termo "secreto".

— Segure-se bem, que esta besta pula muito.

Agarrou firme no Santo Antônio e... seja o que Deus quiser. Rodaram quase uma hora, sofreu com as voltas e solavancos do Jeep, nas curvas e buracos. O motor foi desligado.

— Posso tirar esse treco da cara?

— Pode. Cuidado ao descer.

Com os músculos doloridos e tensos, Mozart não se surpreendeu com o que viu: um vale enorme ao pé da "montanha", com área aproximada de três campos de futebol, com bastante vegetação e uma profundidade de mais ou menos setenta metros.

— E daí?

— Calma, Mozart. Olhe atentamente por alguns segundos a parte baixa do paredão.

Assim o fez. Estranhou o que viu. Onde fixou o olhar, apareceu uma fenda enorme. Percebeu movimentos indefinidos de vultos, cenas misturadas com coisas em movimento.

Baixou os olhos e a imagem desapareceu.

De momento Mozart ficou surpreso, mas logo em seguida recuperou-se e vieram à mente todas as figuras, todos os depoimentos de testemunhas ouvidas, todos os engodos que teve de analisar em diversos lugares do mundo e comparou com o que viu. Tudo igual, pensou. Olhou para Índio e levantou o tom de voz.

— Você me traz aqui e me mostra o que não existe. Faz-me de bobo com uma ilusão de ótica. Você deve ser ilusionista ou hipnotizador e quer me levar na conversa. Ora, me poupe...

— Mozart — retrucou Índio. Temia que você não acreditasse no que ia ver e você não acreditou. Não acreditou no que seus olhos viram, mas digo-lhe que não foi ilusão provocada por mim, não sou prestidigitador, hipnotizador. Preste atenção, o que você viu é verdadeiro, existe e vou prová-lo. Vamos embora.

Subiram no Jeep.

— E os óculos?

Índio respondeu com ar sério:

— Não precisa usar. Você não viu a estrada, você não viu nada, portanto, é desnecessário.

Essa observação mexeu com a consciência de Mozart. Percebeu alguma razão no comentário do Índio.

Em frente ao bar, Índio quebrou o silêncio.

— Mozart, vai escrever minha historia? Vou insistir e levarei você novamente ao vale. Você vai ver, tocar e acreditar. Não vai se arrepender, eu lhe garanto.

— Podemos começar segunda-feira, às dez horas. No meu quarto.

Um tanto amuado, talvez por desacreditar do Índio, talvez por sentir vergonha de ter alterado a voz, foi para o hotel. Seus pensamentos revoavam no cérebro. As vezes acreditava no que tinha visto, outras vezes negava aceitar o fato como real. Justificava sua atitude culpando Índio pelo ocorrido, afirmando e reafirmando que houve ilusão de ótica, que ele era um vigarista, um hipnotizador. Às vezes vinha um relance de crédito, mormente por ele querer levá-lo ao vale novamente e dar provas mais concretas.

Jantou, leu o jornal e foi pra cama, mas seus pensamentos não lhe davam sossego, não o deixavam dormir. O tique-taque do relógio martelava sua cabeça.

O MONSTRO DA FLORESTA

"Quer saber de uma coisa?", pensou Mozart, "Vou tirar tudo a limpo. Vou sozinho ao vale... agora. Se o Índio for comigo, vai me iludir novamente. Eu sei o caminho".

Desceu com facilidade a trilha e chegou a uns dez metros da parede. O cheiro característico da mata e a temperatura amena fizeram Mozart encher os pulmões de ar várias vezes e sentir-se revigorado. A lua estava a pino e sua luz prateada espalhava-se sobre o verde da mata, projetando sombras nos poucos espaços de chão. Pensou no Índio e, arrependido, desejou que ele tivesse vindo também. De repente, uma figura escura, enorme, peluda, rosnando como animal, batendo no peito, apareceu na sua frente. Aterrorizado Mozart tentou correr, mas foi agarrado pela fera que o levantou acima da cabeça com extrema facilidade. Tremendo de medo, Mozart esperneou, tentou gritar, mas sua voz não saía. Foi arremessado de encontro a um tronco de árvore e caiu.

Caiu, tremendo, enroscado no lençol, suando em bicas, derrubando o quebra-luz, copo d'água, despertador, criado-mudo. Levou tempo para se recompor, deitado no chão do quarto.

Segunda-feira de manhã Índio apareceu. Mozart o esperava com a Remington e uma resma de papel pronto para escrever. Não lhe contou sobre o pesadelo.

ÍNDIO E SUA HISTÓRIA

— Antes de começar escrever, faço uma observação. Minha vida não tem nada de especial, mas os que lerem estas memórias vão lembrar-se do tempo de criança e juventude, relembrar fatos que marcaram suas vidas e sentirão saudades da liberdade que tinham, sem se preocupar com as marcas e problemas que a vida adulta reserva a todos. É, nada mais nada menos, que um retrato da vida da maioria das crianças que enfrentam e ultrapassam a adolescência.

— Interessante, prossiga.

— Desde minha infância até os vinte anos fui um ser humano normal com todos os defeitos, alegrias e tristezas, próprios da idade. Quando tirei as primeiras férias do meu trabalho, viajei para o Nordeste. Foi nessa época que a minha vida mudou. Nessa mudança tive provas da existência de verdades até hoje ignoradas ou rejeitadas pela maioria dos seres humanos. Essa parte você terá conhecimento mais tarde. Vamos começar com a minha vinda a este mundo.

Pela entonação de voz do Índio, Mozart percebeu que ele tinha necessidade de contar sua historia. Discutiram sobre a forma a ser dada às memórias: um livro com quantidade normal de páginas. Então, o tac-tac da Remington começou.

Fui funcionário público por poucos anos. Eu era a alegria dos meus pais, que sempre almejavam posição de destaque para seus filhos. O funcionário público, naquela época, era respeitado pelo povo, tido como um membro do governo, alvo de deferências e colocado no mesmo patamar do escalão maior do governo. Em suma, eu era uma autoridade.

Eu me considerava um servidor público, investido no cargo para atender a população com a devida lisura e atenção, ajudar as pessoas nos interesses da repartição pública, cumprir rigidamente o horário de trabalho para fazer jus ao meu salário. Para ser um funcionário público, primeiro eu precisava nascer. E assim se deu. Nasci. Vim a este mundo de Nosso Senhor Jesus Cristo às 13 horas do dia 13 do mês de agosto de 1931, de parto natural... Não tão natural.

Gerusa, competente e única parteira na cidade, tinha poucas primaveras alegres, muitos verões sofridos nos seus setenta anos de idade e quase o dobro de peso, mas era uma incansável profissional nos partos. Nas últimas vinte e quatro horas havia trazido ao mundo nada mais nada menos que seis novas criaturas, contribuindo para o aumento da população. Cada tapinha na "bundinha" e o choro, prenunciando possível arrependimento de ter entrado para o clube dos vivos, era motivo para Gerusa sorver uma boa dose de licor sempre presente nas casas das mulheres em trabalho de parto. Segundo Gerusa, o licor era para dar boas-vindas aos rebentos. Imagine quanto licor foi ingerido para as últimas boas-vindas.

No primeiro gritinho, meu pai entrou no quarto É tascou a pergunta: É menino? Sorridente, minha mãe respondeu: É homem. E Gerusa resmungou: Sei não, sei não. Ele é lindo. E a parteira: Sei não, sei não.

Com relação à beleza, diz o dito popular que toda criança ao nascer tem "cara de joelho". Eu não seria exceção. Com relação ao sexo eu garanto. Era mesmo homem.

Mozart percebeu que Índio falava corretamente, de forma ordenada, com clareza. Parecia que estava lendo. De fato, isto poupava tempo e evitava interrupções para ordenar o que deveria ser escrito. Posteriormente faria algumas alterações, por questão de concordância.

Nasci de pais pobres, irmãos pobres, parentes pobres. Vai daí a vantagem: não havia inveja na família. Casa de madeira, de chão batido, goteiras nos dias de chuva, mas aninhava uma família feliz de cinco pessoas (papai, mamãe, eu, minha irmã Júlia e meu irmão Eduardo).

Se faltava dinheiro, sobravam conversas, risadas, amor, companheirismo e as iniciativas dos cabeças da família para contornar as dificuldades financeiras diárias. No quintal de casa tinha uma pequena horta com verduras e legumes, tratada com adubo orgânico. Algumas galinhas ciscando atrás de minhocas forneciam ovos e, às vezes, uma boa canja, um porquinho na engorda, que depois de alguns meses se transformava em boa quantidade de gordura e carne.

Papai, com sua carroça, fazia alguns transportes requisitados pela vizinhança, recebia parte em dinheiro e parte em mercadoria. Mamãe cuidava de mim e de minha irmã, costurava para suas clientes que lhe tomava um bom tempo do dia e muitas vezes da noite, mas rendia uns bons trocados no fim do mês. Naquela época, a pobreza grassava no mundo todo, graças à Primeira Guerra Mundial. As iniciativas de papai para contornar a crise impressionavam.

Comenta-se que a "Lei de Gerson" regulamentou o "jeitinho brasileiro" e nasceu de uma propaganda da marca de cigarro Vila Rica, em 1976. O mérito desse instituto foi concedido ao tal de Gerson. Discordo veementemente, pois o mérito deve ser outorgado ao meu pai e não ao Gerson. Explico. A eletricidade era racionada. Os apagões eram constantes. Faltavam querosene para as lamparinas, sal, açúcar, farinha. Para suprir a falta de luz, papai inventou o "fifó": um gomo de bambu, recheado com estopa embebida em óleo usado. Ficava queimando até tarde da noite e servia para afastar os insetos.

A falta de sal preocupava a população. O mercado, ou o chamado empório de secos e molhados, vendia toucinho salgado importado. Papai comprava um quilo de toucinho, mas que fosse cortado meio quilo. Colocado na balança, pe-

dia que completasse com o sal que acompanhava o toucinho. Não havia reclamação do comerciante, pois era pago um quilo de toucinho.

O açúcar era coisa rara. Poucos bares mantinham estoque. Certo dia minha irmã, com três meses de idade, chorava pela mamadeira. Não havia açúcar. Papai entrou num bar no centro da cidade e pediu dez cafezinhos. O atendente colocou dez xícaras sob o balcão. Papai colocou generosa quantidade de açúcar em cada uma e, antes que colocassem café, estendeu uma folha de embrulho, emborcou todas as xícaras, embrulhou o açúcar, pagou os cafezinhos e se retirou. Não houve reclamação do balconista.

Portanto, foi o senhor Alberto que criou o "jeitinho brasileiro".

Índio calou por um tempo. Como confidente, Mozart respeitou seu silêncio. De vez em quando interrompia sua fala e permanecia alheio, olhar perdido, quiçá para coordenar seus pensamentos e lembrar algum fato esquecido. Retornava em seguida e disparava a falar. Num desses intervalos Índio perguntou a Mozart:

— Você leu algo sobre a guerra de 1914? Lembra-se de alguns nomes de participantes no conflito?

— No meu tempo de ginásio fiz um trabalho escolar sobre a guerra. Montei o trabalho em cima da leitura de livros e jornais da época. Os jornais, mais sensacionalistas, davam ênfase ao assunto. Ainda me lembro de alguns nomes. Paro o trabalho e conversamos? Tem algum fato específico que você quer saber ou é apenas curiosidade?

— Conte o que você sabe.

Apesar de não ter datilografado muito, os dedos de Mozart agradeceram o pedido.

— A Primeira Guerra Mundial — 1914/1918 — levou o título de "a praga do século vinte". Deixou dez milhões de mortos e trinta milhões de feridos, a maior tragédia na época e trouxe miséria ao mundo todo, afetando os países envolvidos e os não envolvidos, com cidades e lavouras totalmente arrasadas. Foi a maior sacanagem aprontada pelos governos litigantes contra as populações com o único objetivo de aumentar a extensão territorial.

No final do século XIX, a Alemanha tomou uma região muito rica da França, a região Alsácia-Lorena. A França, ajudada pelo Reino Unido, Rússia e Estados Unidos, resolveu retomá-la. Esse foi o início do conflito. Os nomes que a história reporta são dos governantes que brigavam, dos militares diretamente responsáveis pelas batalhas e de alguns soldados que se sobressaíram nos combates. Em meio às mortes e tristezas, li relatos que me comoveram, fatos que provam a superação do ser humano em momentos difíceis.

Naquele tempo ainda não havia material bélico sofisticado como temos hoje. As lutas entre os litigantes era na força, na raça, na baioneta, no corpo a corpo e com algumas rústicas armas de fogo. As trincheiras, cavadas em ambos os lados, não distavam muito umas das outras e os tiros das armas menores poucos estragos causavam.

A vida nesses buracos era desconfortável, degradante, com imundície em toda extensão, higiene pessoal nula e as mortes por doença eram comuns nas trincheiras. Enfim, um completo caos. No meio de todas essas dificuldades, ainda se ouvia alguma música, cantoria e descontração quando os ataques cessavam.

Nos primeiros momentos do conflito, em fins de dezembro de 1914, no dia 24, ao cair da noite, noite silenciosa, enluarada, num dos momentos de trégua, os soldados britânicos ouviram cantos e risos vindos da trincheira alemã. Um dos soldados, com a devida cautela, subiu na amurada e viu um soldado alemão, sem armas, cantando e andando em sua direção: "OH TANENBAUN, OH TANENBAUN".

Assustado, chamou seus companheiros e viram outros soldados alemães deixando a trincheira, sem armas, cantando. Desconfiados, os soldados colocaram-se em alerta, armas engatilhadas, prontos para atirar. Um dos soldados britânicos, tomado de coragem e tocado pela cena, subiu na amurada e começou cantar: "JINGLE BELS, JINGLE BELS...".

Em pouco tempo os dois regimentos estavam no meio do campo de batalha. Soldados de ambos os lados sorrindo, trocando fotos, mostrando os pais, esposa e filhos, se emocionando, tentando se entender.

— Mim Robert, você?

— Mim Fritz.

Trocaram presentes, cigarros, bebida (muito whisky), pertences pessoais, alguma sobras de comida (salsicha, fatias de pão, bolacha, enlatados) e a comemoração entrou pela madrugada. A certa altura, um tenente britânico, em inspeção, estranhou a ausência dos seus soldados nas trincheiras. Cautelosamente e atraído pelo alarido, subiu na amurada e deparou com a estranha reunião. Dirigiu-se com ímpeto ao sargento da tropa e gritou:

— Que diabos está acontecendo aqui?

— Nada de "maissh", senhor, respondeu o sargento já cambaleando e voz pastosa. "Apenassh" uma reunião de família. Os "alemãessh" vieram cantando e "nóissh" entramos na cantoria.

— Não é possível uma coisa dessas em pleno campo de batalha. Isto não vai dar certo. Daqui a pouco vocês vão se matar e isto vai virar uma carnificina. Acabe já com isso sargento.

— Desculpe "maressshal", mas não vai dar. Eu e meus homens "fesshtejamos" o Natal. Logo voltaremos pra a trincheira.

— Que Natal, coisa nenhuma. Voltem já para a trincheira ou levo todos para a Corte Marcial, ou...

— Perdão "maajor", retrucou o sargento. Meus homens preferem o Natal hoje, a Corte "Marxial" amanhã. Virou as costas ao tenente e voltou à festa.

— Tenente Wilson — gritou uma voz com leve sotaque alemão. Era o oficial Neukrans, que conhecia um pouco de inglês. Sou Neukrans, capitão da tropa. Permita-me cumprimentá-lo.

Índio interrompeu.

— Neukrans? Neukrans...

— Não sei o nome completo.

Índio permaneceu por um bom tempo em silêncio.

— Conheci um Neukrans. Isso foi em 1946, após a última guerra. Aparentava uns trinta e seis anos de idade. Contarei depois meu relacionamento com ele. Continue.

O tenente Wilson levantou os braços, deu as costas ao capitão e gritou:

— Meu Deus do céu! — e voltou à trincheira.

Amanheceu. Era vinte e cinco de dezembro, dia de Natal. Não houve batalha nesse dia em respeito à data e à ressaca de ambos os lados.

No dia 26 de dezembro recomeçaram os enfrentamentos até a capitulação da Alemanha em 1918.

Terminada a guerra, a população mundial ansiava por uma tranquilidade duradoura. Depois de vinte anos de falsa tranquilidade, digo falsa porque a recuperação era muito lenta e as brigas internas por alimentos eram constantes. O povo alemão foi o mais prejudicado. A Alemanha capitulou e foi considerada culpada pelo início do conflito. As violentas penas impostas à nação perdedora, pelo Tratado de Versalhes, incutiram no povo alemão um sentimento de revolta tão grande, sentimento esse que, aos poucos, foi se transformando em desejo de vingança.

O povo alemão ansiava por um líder que levantasse o moral do povo germânico, restituísse à pátria sua hegemonia, o poder bélico e recuperasse o que lhes foi tomado. Foi aí que apareceu um austríaco de nome Adolf Hitler. Então, pela segunda vez, a Alemanha ia tentar dar o troco à França. Em primeiro de setembro de mil novecentos e trinta e nove, a Alemanha invadiu a Polônia e aí começou tudo novamente.

Mozart voltou à maquina de escrever.

— Vamos continuar? — Índio concordou

VIDA DE CRIANÇA

Terminada a guerra em 1919, o mundo em estado de pobreza entrou em compasso de recuperação. Mas pobreza não é doença, é um status subjacente, dependente do estado de espírito do indivíduo, um mal-estar que se cura com o remédio chamado "trabalho". Com sete anos de idade, fui obrigado a dedicar-me ao trabalho. Assim, o meu primeiro serviço foi observar o meu irmão Eduardo trabalhar.

Foi nessa época que tive minha primeira decepção: não recebi presente no Natal, nem meus irmãos. Aguardava tanto uma "bicicletinha". Meu constrangimento foi tão grande que prometi jamais andar de bicicleta. Cheguei à conclusão de que o Natal não existia, que Papai Noel não existia, eu não existia...

Entre as dificuldades, algumas alegrias que, por pouco sorrisos trouxessem, compensavam os problemas de um iniciante na luta pela sobrevivência. Deixemos as tristezas de lado. O que importa é alegria de estar vivo, de poder andar, respirar, enxergar, pensar, trabalhar, arquitetar, vadiar...

Nessa tenra idade, tive meu primeiro contato com o setor econômico financeiro. Explico: eu e minha irmã Júlia brincávamos no quintal de casa, chão de terra, transportando material com a nossa frota composta de uma pá carregadeira, fabricada com uma lata de óleo e um caminhão de caixa de sapato: fabricação própria. De repente Júlia gritou:

— Mano, veja o que achei. Parece dinheiro.

— Deixa ver. É dinheiro mesmo! Uma fortuna! Descobrimos um tesouro enterrado. Vamos "cavucar" mais fundo, vamos ficar ricos.

Era uma moeda enferrujada de quinhentos réis. Infelizmente era única no tesouro desenterrado. Mas a alegria foi enorme, porque não se via tamanha fortuna há muito tempo.

— Vamos fazer o seguinte, Júlia. Vamos pôr no banco, pra ninguém roubar da gente.

— Não. Melhor a gente comprar um montão de comida.

— Pôr no banco.

— Comprar comida.

É na discussão que se encontra soluções compatíveis com a vontade das partes litigantes. Adivinhem quem venceu?

— Bananeiro, olha a banana nanica madurinha, quinhentos réis a dúzia, aproveite freguesa!

Era o seu Zé bananeiro, com uma cesta em cada braço, apregoando o seu produto.

— Vamos comprar uma dúzia — gritou Júlia.

— Seis pra mim, seis pra você. Seu Zé, vende uma dúzia pra nós?

— Qual é garoto, você não tem dinheiro.

— Se eu provar que tenho o senhor dá desconto?

— Dou.

Sobrou troco: uma dúzia de banana nanica, das grandes, e cem réis no bolso.

Mas, mãe é mãe. Quando se trata de dinheiro na mão de criança, o trabalho para explicar de onde veio precisa de testemunha pra não levar uma sova. Júlia confirmou. Enfim, foi banana pra toda família, mas fiquei sem os meus cem réis.

Uma passagem que me marcou muito foi uma caravana de ciganos que percorria a região. Eu e Júlia estávamos no portão de casa quando apareceu uma cigana oferecendo ler minha sorte. Com certa relutância permiti. Depois de alisar a palma da minha mão por alguns segundos, vaticinou:

— Você vai ganhar muito dinheiro, bastante mesmo, mas você não vai segurar. "Ele entra, ele sai".

E assim aconteceu e acontece até hoje: dinheiro entra, dinheiro sai.

VÁRIOS EMPREGOS

Aos dez anos terminei o curso primário e resolvi trabalhar para ajudar no orçamento da casa. Meu primeiro emprego foi na padaria do senhor Cristóvão, um português carrancudo que parecia estar de briga com o mundo. Tratava os empregados como se fossem escravos, maltratando, principalmente, as mulheres. Com a freguesia, entretanto, era todo sorrisos como bom comerciante. Sua mulher, Maria, era uma sofredora porque vivia pondo panos quentes nos arroubos do marido.

Certa vez, nervoso com a empregada Zenilda, por ter esta derrubado e quebrado uma tigela, Maria se interpôs no momento do safanão e foi ela quem levou. Chorando, foi para casa e ficamos sabendo que, nessa noite, o senhor Cristóvão dormiu no sofá da sala. No dia seguinte era um touro nervoso bufando pelas ventas.

O trabalho começava às três da madrugada e terminava ao meio-dia. Isso me deixava livre a tarde toda. Nos primeiros dias de serviço eu já sabia diferenciar a farinha do açúcar, molhando o dedo e levando-o à boca.

Carlito, o padeiro-chefe, era quem mais sofria com os nervos do patrão e, também, com as brincadeiras sem graça que o português lhe infringia. Sua semelhança com o ator de cinema Carlitos era motivo de brincadeiras por parte dos amigos, mas ele não se ofendia. Ao contrário, sentia-se lisonjeado e, às vezes, imitava seu ídolo no andar, no vestir usando bengala e cartola, o que era motivo de aplausos da plateia e risos das crianças. Mas o senhor Cristóvão o espezinhava com gestos ridículos e conversas indecentes na presença dos demais empregados.

Sexta-feira, sétimo dia do meu primeiro emprego, três horas da manhã. Os empregados da limpeza e da arruma-

ção já estavam a postos. Carlito não havia chegado. Três e meia, nada. Cinco horas e eis que ele aparece trocando as pernas e cantarolando. Soubemos mais tarde que ele havia sido convidado para animar uma festa de aniversário do filho de um vereador da Câmara Municipal, onde foi muito aplaudido por todos, adultos e crianças. Lá pelas tantas parou num bar com uns amigos e enxugou algumas garrafas de cerveja.

E agora, "José"? O pão precisava ser feito. Dizendo-se sóbrio, Carlito dividiu os ingredientes separando as massas de pão salgado e pão doce, pediu-me para jogá-los no misturador e foi ao banheiro. Ferrou no sono e só voltou quando o acordei para dar forma aos pães. Um pouco mais lúcido, Carlito começou manusear a massa. De repente, soltou um grito assustador e um palavrão horrível que ecoaram por todo o salão. Seis horas da manhã, hora em que aparecem os clientes madrugadores, eu havia misturado as massas doce e salgada.

Quem entrou no justo momento? O patrão. Ao saber da catástrofe, evento que nunca havia ocorrido nos seus vinte anos de padaria, virou uma fera desvairada, raivosa, chutando tudo e todos à sua frente, empurrando Carlito de encontro à parede. Despejou um caminhão de impropérios e, ofegante, quase tendo um infarto, sentou numa banqueta e chorou.

Minhas pernas bambearam. Um suor frio correu pelo meu corpo, saí de fininho da loja e fui direto para casa. Fim do meu primeiro emprego.

Na porta da padaria, um cartaz anunciava: "FECHADO POR MOTIVO DE ACIDENTE. REABRIREMOS AMANHÃ".

Meus pais ficaram preocupados, mas me apoiaram justificando minha pouca idade para tamanha responsabilidade. Até ofereceu ressarcir os prejuízos ao senhor Cristovão. Ainda bem que ele não aceitou. Carlito, no entanto, teve seu salário cortado em um terço e não se queixou, prometendo que jamais aconteceria novamente.

Não me dei por vencido e saí a luta. Consegui novo emprego numa oficina de baterias de carro, decidido a fazer o melhor possível na minha nova profissão: consertador e trocador de baterias. Aprendi rápido o serviço, mas chegou o fim de semana e eu estava praticamente nu, sem ter o que vestir. Calças rasgadas, corroídas pelo ácido, camisas manchadas, sapatos cortados e, para complicar, umas queimaduras pelo corpo. O prejuízo superou o meu salário semanal. Não voltei à oficina. Minha mãe passou alguns dias remendando e costurando o que sobrou.

Resolvi, então, ser autônomo, um empresário, trabalhar por conta própria. Só precisava arranjar um bom local, material de trabalho e alguma mercadoria. Foi assim que comprei uma caixa usada de engraxate, apropriei da escova que meu pai engraxava seus sapatos para ir à missa aos domingos, mais os restos de tintas e graxas preta e marrom e saí à rua. Não passou da primeira engraxada. Nem conto como foi. Dei-me por vencido.

Para não trazer mais dissabores aos meus pais, resolvi estudar. Matriculei-me na escola de ensino ginasial.

PROBLEMAS NA ESCOLA

Primeiro dia de aula. Na fila de entrada tive a minha decepção com os estudos. Recebi um tremendo cascudo do bedel. Gregório era o seu nome. Mijei-me todo.

— Seu moleque. Comporte-se na fila ou leva outro cascudo.

Comportar-me? Eu estava quieto como uma estátua.

Soube mais tarde, que Gregório era o melhor aluno da academia de boxe da cidade e se comparava como seu professor, portador do Cinturão de Ouro das Américas, campeão absoluto. Gregório, por estar em boa forma, foi inscrito no circuito Sul América, o que o deixou muito convencido. Andava pelas ruas da cidade socando o ar, fazendo gestos de defesa e ataque, enfim, "bacaneando-se" ou treinando para sua primeira luta. Não demorou muito e foi agendada com o lutador argentino Miguelito.

Sábado, ginásio lotado, a cidade em peso para ver seu herói massacrar o argentino, cujo nome combinava com seu porte físico: Miguelito, menor que Gregório, e este já comemorava a vitória.

Primeiro round... equilibrado.

Segundo round. Nos primeiros segundos Gregório desmonta com um "uppercut" de direita do argentino e desmaia. Não acordou nem depois da contagem. Foi levado ao hospital e ficou desacordado por dois dias.

No segundo dia de internação entra a enfermeira com um copo d'água na mão e, ao mexer num interruptor na cabeceira da cama, perdeu o equilíbrio e entornou a água no rosto de Gregório. Gregório abriu os olhos e foi dado como curado pela água milagrosa da enfermeira que o tirou do coma. Que coma coisa nenhuma. Era apenas o amor próprio ferido e envergonhado pelo vexame. Arranjou o desmaio como fuga da derrota pelo gringo menor que ele.

Segundo explicação abalizada de uma psicóloga formada na capital, residente do hospital e parente da vítima, o que aconteceu com Gregório foi um desvio psicológico de comportamento. Ele estava, nesses dias de internação, consciente, em estado letárgico. Sua vontade não permitia seu sistema psicossomático reagir.

Depois dessa primeira e última luta, Gregório foi contratado como bedel da escola. É por isso que, quando algum aluno se mostra um pouco assanhado, faz alguma travessura, ele se lembra de Miguelito e solta o tapa.

Na escola fiz muitos amigos, mas amigos mesmo, de verdade, eram quatro adolescentes dispostos para o que desse e viesse: Luiz, Frederico (Fred), Arnaldo e Takeshi. Meu pai, carinhosamente nos batizou de o "quinteto do barulho", tamanhas eram as confusões que aprontávamos. Fred tinha um irmão, Roberto, coroinha da igreja da cidade. Era um garoto introvertido, pouco se comunicava e, poucas vezes, se juntava à nossa turma. Era muito inteligente, sempre o primeiro aluno da classe.

Como calouro, fui alvo de gozações e provocações. Achava que era para testar minha paciência, independência, ou subserviência. Se concretizada esta última, eu estaria nas mãos dos malandros da escola que achacavam os fracos, roubavam suas merendas, escondiam seus cadernos e se divertiam com eles.

Na minha sala havia três garotos que eram verdadeiros moleques irresponsáveis. Os três formavam uma gangue liderada pelo mais gordinho de nome Nerval, mal-encarado, petulante, insuportável, que mexia com todos. Estava sempre acompanhado dos seus comparsas Francisco e Alberto, dois filhos de colonos da fazenda de dona Eurides, mãe de

Nerval. Pelo modo como Francisco e Alberto se portavam, pareciam simples guarda-costas e servidores do Nerval. A professora da minha sala sempre se mostrava complacente com suas peraltices.

Fiquei sabendo mais tarde que dona Eurides colaborava com a escola na merenda escolar e com alguns materiais de construção para reformas. Motivo justo, pensei. Mas a minha paciência tinha limites. Suportei as brincadeiras sem graça do Nerval durante dez dias, até que me rebelei. Dei-lhe um empurrão na saída da sala e ele rolou como uma bola. Enfurecido enfrentou-me e me desafiou para briga.

No momento arrependi-me de tê-lo provocado e, a contragosto, aceitei o desafio. Eu sabia que iria sofrer as consequências: seria levado à diretoria, ganharia suspensão das aulas, repreensão dos meus pais, sem contar com os hematomas que iria levar pra casa, pois eram três contra um.

Fim de semana, sexta-feira, a galera ensandecida pedia sangue, gritava, incentivava os contendores como se fossem gladiadores numa arena romana. A turma do "deixa disso" evadiu-se com medo de represálias. Roda feita, senti um arrepio na espinha e quase corri ao ver as carantonhas do Nerval e seus asseclas. Mas já não havia tempo para recuar. Feito um touro na arena, disposto a chifrar o toureiro, Nerval arrancou e veio ao meu encontro. Em questão de segundos, imaginei o touro vindo em minha direção, cego de ódio, e senti que o impacto era iminente, desastroso. Fechei os olhos, levantei o braço em posição horizontal, punho fechado e deu-se o choque. Gritaria geral.

Abri os olhos e vi Nerval caído no chão, nariz sangrando feito torneira aberta. Francisco e Alberto, em vez de ajudarem seu chefe a se levantar, olharam enfurecido para mim. Aguardei a investida dos dois. Foi aí que os meus quatro amigos tomaram posição em minha defesa. Francisco e Alberto desistiram.

— Você foi valente — disseram os meus amigos e me tiraram dali.

— Foi um golpe de caratê — falou Luiz.

Essa observação inflou meu ego. Concordei e até fiz um gesto que teria sido o golpe que dei no Nerval. Eu não queria socar o Nerval. Ele se socou contra meu punho. Mas eu não queria perder a chance de ser o vencedor, o herói.

Não saí de casa no fim de semana com receio de encontrar o Nerval e sua turma. Luiz, Fred, Arnaldo e Takesshi fizeram-me companhia, estudando, jogando bola e comentando a histórica luta. Meus quatro amigos já haviam sido molestados pelo Nerval e seus guarda-costas. Então, decidiram juntar-se a mim para enfrentar Nerval e me defender. Meus pais ficaram sabendo da contenda e, conforme relatado o ocorrido, deram-me razão.

Segunda-feira. Cheguei cedo na escola e fui direto para a sala. Nerval não estava, mas seus comparsas Francisco e Alberto me encararam. A professora entrou e já foi intimando-me a ir para a diretoria. Minhas pernas bambearam, pois era notória a braveza de dona Clotilde.

Entrei e diante da diretora estavam a fazendeira dona Eurides e seu filho Nerval com o rosto todo inchado, olhos arroxeados e o nariz com uma bandagem. Levei um choque ao ver tamanho estrago que fiz no rosto do garoto. Eu não imaginava que era portador de tamanha força.

— Marco — falou a diretora. — Viu o que fez? Quase matou seu colega. Como você explica tamanha violência?

Gaguejei de início, mas reuni forças e falei:

— Dona Clotilde, desculpe, mas não fui eu que bati no Nerval, foi ele que bateu em mim.

— Como você se atreve, moleque malcriado, vociferou a dona Eurides. Você quase mata meu filho e diz que ele é que lhe bateu? Seu, seu... animal. Exijo, senhora diretora, um castigo exemplar para esse meliante e que seja expulso desta escola.

— Calma, dona Eurides. Marco, eu quero que você me explique o que aconteceu.

Como dona Clotilde interferiu sem se alterar, senti um alívio e comecei a falar. Contei desde o início como tudo aconteceu e solicitei a ela que ouvisse o Luiz, o Frederico, o Arnaldo e o Takeshi. Dona Eurides protestou, mas eles entraram na sala e se espantaram com o estado do Nerval e a postura petulante de sua mãe.

Resultado: fui suspenso das aulas por dois dias. Nerval, a pedido de sua mãe, recebeu uma licença de cinco dias para se recuperar. Soube, por conversas na classe, que dona Eurides ia transferir Nerval para uma escola na capital do Estado, onde ficaria morando na casa de sua tia. Depois desse incidente, minha vida voltou ao normal.

ÂNGELA

Foi aí que apareceu Ângela na minha vida. Aluna da sala feminina, linda como uma boneca de louça, cabelos cacheados, olhos claros, sempre sorrindo, mexeu com meu coração e me apaixonei. Paixão ainda não correspondida. Era filha de um fazendeiro e proprietário da cervejaria da cidade.

Eu sempre tentava um contato com ela no recreio, mas era evitado. Estava sempre conversando com as amigas, às vezes, com um garoto de cabelo avermelhado e isso me deixava irritado. Takeshi contou-me que Jerry, esse era o nome do garoto, era primo de Ângela. Essa notícia descartou Jerry de ser meu concorrente.

Os dias foram passando e eu "vidrado" na garota, sonhando com Ângela, mas sem coragem de me declarar. Certo dia, aproximei-me dela e a ouvi comentar com uma colega que tinha um trabalho escolar para apresentar em uma semana e precisava pesquisar sobre os Bandeirantes.

Uma luz brilhou em minha mente. Terminada a aula corri à Biblioteca e levei para casa um livro sobre as Bandeiras. Almocei rapidamente e devorei o livro. Em três horas de leitura tornei-me "expert" no assunto. Senti uma sensação de vitória por ter descoberto um meio de conversar com Ângela.

— Ângela — chamei.

— Oi.

Meu coração começou bater em descompasso, querendo sair pela boca

— Soube que você tem um trabalho sobre Bandeiras para apresentar.

— Bandeiras, não. Os Bandeirantes. Por quê?

— Eu sei. É sobre os Bandeirantes, mas as Bandeiras eram formadas pelos Bandeirantes. Também eram chamadas de Entradas. Eu sei tudo sobre esse assunto. Se você quiser, posso ajudá-la. Meu nome é Marco. Sou da classe da dona Cláudia.

— Ajudar? Em troca de quê?

Encolhi os ombros, desajeitado...

— Em troca de nada. Só quero ajudar.

— Você pode ir à minha casa?

— Posso sim. Que tal depois do almoço?

— Tudo bem. Espero você.

Lá fui eu todo contente e aliviado por não ter sido rejeitada minha ajuda.

— Vamos começar. Escreva: "A partir do século XVII, o Governo Português e os senhores de engenhos...".

Todos os dias da semana passava parte da tarde na casa da Ângela ajudando no seu trabalho escolar e eu fazendo minhas tarefas sob os olhares fiscalizadores de dona Neusa, mãe de Ângela. Ela não desgrudava os olhos da dupla. De início senti-me acanhado, mas no decorrer da semana achei-me quase parte da família.

Sexta-feira, dia da apresentação, Ângela foi aplaudida pela professora e pela classe toda. Sua nota foi a máxima: Cem com louvor. Na saída da escola recebi meu prêmio: com um largo sorriso, Ângela deu-me um beijo no rosto. Minhas pernas bambearam. Quase desmaiei.

Nas vezes que visitei Ângela, fui recebido por dona Neuza com sorriso e alguns quitutes. Voltei ao convívio dos meus amigos, sem esquecer Ângela.

TRAQUINAGENS

Eu, Luiz, Fred, Arnaldo e Takeshi brincávamos no quintal de casa com arco e flechas de fabricação própria com pedaços de bambu. Uma caixa de papelão junto à cerca de balaustres servia de alvo. Sorteado, fui o primeiro a atirar. Imitei a dança dos índios, com a mão batendo na boca e gritando uh, uh, uh. Estiquei o arco no máximo, mirei e acertei o cachorro da vizinha.

Foi o maior escarcéu, cachorro ganindo, a vizinha gritando, xingando os moleques de desalmados e outros nomes. Corremos para dentro de casa. Minha mãe foi colocar panos quentes na tragédia. Resultado: fomos obrigados a levar o totó ferido até a farmácia do Dr. Akira. Ainda bem que o totó era um vira-lata manso e, colocado numa carriola, descemos os quarteirões até a farmácia. Depois de examinado veio o diagnóstico: nada de grave. Só um arranhão sem importância. Um pouco de mercuriocromo na ferida e totó voltou a pé para casa.

Difícil foi aguentar as gozações dos três:

— "Índio Flecha Torta", errou pontaria e matou cachorro".

Daí o meu apelido.

Não parou por aí. Cismamos de virar exploradores. Canivete na cintura, estilingue no pescoço, pedregulhos nos bolsos, boné na cabeça, atravessamos uma fazenda e entramos numa pequena mata nas adjacências da cidade. Subimos em árvores para colher mudas de orquídeas e andamos marcando o trajeto de volta. Encontramos um vale no meio dessa mata. Devia ter uns cem metros de largura e cinquenta metros de profundidade. Depois de muito vasculhar a área, descobrimos uma trilha estreita que levava ao centro do vale.

Com muita cautela iniciamos a descida. A trilha era muito estreita, com cinquenta centímetros em alguns lugares e mais estreita em outros. Parecia escavada na parede e, pelo seu estado, dava a impressão de não ser usada há muito tempo.

Alguma vegetação nas paredes permitia que a gente nela se agarrasse, principalmente num pequeno trecho, onde a trilha quase desaparecia. Galhos mais fortes davam alguma segurança. A descida era muito íngreme em alguns pontos. Chegamos no centro do vale e ficamos admirados com a beleza do lugar. Observamos que o seu comprimento desaparecia na mata, diminuindo sua altura. A vegetação baixa, verde e as paredes segurando a luz do sol sombreando o vale formavam um ambiente tranquilo. Um córrego de água límpida, cristalina, cortava o chão alimentado por uma pequena queda despencando do paredão, batendo nas pedras, borrifando o ar, refrescando o ambiente. Batizamos a queda d'água de "cachoeira".

Estávamos maravilhados com a descoberta. Lagartos corriam pelo mato, passarinhos desciam para beber e, no silencio do vale, o barulho da água correndo. Do leito e margens do córrego pegamos algumas pedras para nossa coleção. Uma hora mais tarde retornamos.

Visitamos várias vezes aquele vale.

Em julho, mês de férias escolares, eu e Luiz resolvemos visitar o vale. Os outros três amigos não quiseram ir. Descendo pela trilha, Luiz ia na frente. De repente, apareceu uma cobra na estreita passagem. Luiz resolveu pisar na cabeça dela. A cobra foi mais rápida e picou seu pé. Luiz soltou um grito, assustou-me, perdi o equilíbrio e despenquei no abismo. Fui batendo em alguns galhos de leiteiro, planta abundante naquele lugar, e acabei parando, sentado num galho maior, uns dez metros abaixo da trilha. O medo tomou conta de mim e mal consegui gritar.

— Luiz, socorro, vai buscar ajuda, rápido.

Luiz saiu em disparada, foi até a farmácia do Dr. Akira e, ofegante, quase sem cor, contou o que aconteceu. Mandaram um guarda municipal me resgatar.

Nesse meio tempo, senti uma sonolência. Agarrei-me num galho acima de mim. O medo desapareceu e me senti relaxado, tranquilo. Quando o guarda chegou eu estava na entrada da trilha, sentado contra a parede, calmo, olhar parado, segundo relatou o guarda aos meus pais.

— O garoto disse que você caiu no penhasco.

— Caí — respondi.

— Como conseguiu subir? Alguém ajudou você?

Balancei a cabeça negativamente e fitei o guarda com um olhar vago. Nem eu sabia como tinha subido aqueles dez metros. Não me lembrava de nada. Não estava entendendo o que aconteceu. Apenas me lembrava da queda, da sonolência e uma sensação de estar deitado em minha cama.

O guarda me interpelou novamente:

— O que vocês estavam fazendo nesse buraco? Não sabe que é perigoso? Os seus pais sabem disso?

Não respondi. Levou-me até a farmácia do Dr. Akira com alguns arranhões nos braços e pernas. Encontrei Luiz sentado, branco como cera. Quando me viu, levantou-se e me abraçou, gaguejando alguma coisa que não entendi.

— Nada de grave. Só uns arranhões sem importância — diagnosticou Dr. Akira. Nada como um pouco de mercurocromo não resolva. Pintado em todo o corpo fui pra casa. As reprimendas de mamãe e a promessa de castigo de papai eu ouvi sem qualquer reação. Já era início da noite, não jantei, fui pra a cama e dormi instantaneamente.

Sonhei. Talvez tenha sido sonho. Parecia que eu estava acordado e não dormindo. Uma luz fraca clareou meu quarto e, deitado, vi aos pés da cama uma freira toda de branco, sentada em uma cadeira frente a uma mesinha. No centro da mesa havia uma vela acesa. Olhou para mim algum tempo e com uma voz suave disse:

— Marco, aos trinta e três anos você conhecerá a verdade.

A cena foi rápida, desaparecendo aos poucos. A escuridão voltou ao quarto. Voltei a dormir, se é que estava acordado.

Alguns acidentes são provocados por crianças, na maioria não intencionais, motivados por descuidos e podem trazer consequências graves. Numa das brincadeiras, a consequência foi tão desastrosa que redundou na quase morte de Frederico. A cena desse acidente permanece até hoje na minha mente como uma ferida que não cicatriza. O sofrimento dos pais e amigos de Fred culminou com a chamada do padre Odílio para dar a extrema unção ao doente. Estávamos no quintal de sua casa jogando peteca embaixo de um grande pé de manga, disputando cada jogada com gritos e risadas. A partida era acompanhada por uma pequena plateia entusiasmada: mãe e irmãs de Fred e a vizinha dona Catarina. Quando alguém deixava a peteca cair, era alijado do grupo. A certa altura, a disputa era ver quem arremessava mais alto. Todas as tentativas eram boas, apesar da bolhas nas mãos de cada um de nós.

No auge de uma tacada feita por Luiz, a peteca atingiu em cheio um enxame de marimbondos. Gritos e correrias ecoaram pela vizinhança, a debandada foi geral e todos, menos Fred, conseguiram entrar em casa, fechar portas, janelas e espantar os marimbondos que os perseguiam. Mesmo assim, todos foram picados, menos a vizinha, dona Catarina, que ao ver o acidente desapareceu do local. Frederico, na hora do ataque, correu para a rua perseguido pelos marimbondos até que estes o abandonaram.

No dia seguinte, todos apresentavam os efeitos das picadas: olhos inchados, vermelhidão em todo o corpo, desconforto geral e folga das aulas. Dr. Akira foi chamado à casa do Frederico, pois ele estava com febre, afônico e com dificuldade para respirar. Dr. Akira diagnosticou fraca imunidade do organismo de Frederico e alergia ao veneno do marimbondo. Receitou uma pomada e umas gotas pra baixar a febre, mas alertou:

— O organismo do Fred precisa reagir. Se ele piorar me chame, tenho outro remédio bom.

Três dias se passaram e nada de melhora do Frederico. Três dias de cama, sem se alimentar, febre alta, náuseas até chegar o momento de não responder a qualquer estímulo, em estado comatoso. O desespero tomou conta dos familiares. Muito religiosos, decidiram chamar o padre. Aos choros e lamentações assistiram o ato.

Luiz foi até a farmácia contar o que estava acontecendo. Dr. Akira pegou sua valise de remédios e, ao entrar na casa do Frederico, quase trombou com padre Odílio.

— Eu falei pra me chamar caso ele não melhorasse. Por que não me chamaram?

Entrou no quarto, pediu a todos que se retirassem e ficou a sós com o doente por quase uma hora. Não ficamos sabendo que tratamento foi dado ao doente. Dr. Akira só respondeu:

— O menino está bem. Dei remédio bom.

Dr. Akira sempre foi de poucas palavras. Enquanto tomava uma xícara de chá oferecido pela mãe de Fred, ouviram o doente chamar.

— Mãe, mãe.

Dona Creusa correu até o quarto.

— Mãe, estou com sede.

— Vou buscar água, meu filho. Meu filho está vivo, está curado. Obrigado, Dr. Akira.

— Agora já pode dar comida pra ele. Está com fome.

Dr. Akira voltou à farmácia. Ficamos sabendo mais tarde que, no Japão, ele tratava os doentes com chás e remédios preparados com ervas e que não tinha autorização para clinicar no Brasil. Então fez o curso de farmácia no Brasil e abriu o estabelecimento.

Outro fato que merece ser contado sobre Dr. Akira diz respeito ao seu desprendimento, sempre ajudando os menos favorecidos. Todo sábado atendia de graça as pessoas da periferia e zona rural. Até às treze horas de sábado, sua farmácia recebia mães com crianças, idosos, e todos eram bem atendidos. Carlinhos, o incansável ajudante do Dr. Akira, era todo sorriso no atendimento. Com seu sotaque nipônico, Dr. Akira conversava pouco, examinava a criança e sempre usava um padrão igual de transmitir seu diagnóstico.

— Que tem a criança?

— Tem febre, não come e fica largado na cama.

— Vamos ver garganta. Xi, tá ruim mesmo. Carlinho, remédio de garganta.

— O próximo. E lá entrava outra mãe.

— Criança quando dormindo range de dente? Repuxa de perna?

— Sim, doutor.

— "Marelão". Carlinho, remédio de "marelão".

— O próximo.

Carlinhos explicava o uso do medicamento, recebia um obrigado e assim terminava o sábado.

À noite e fins de semana, Dr. Akira recebia em sua residência pessoas com problemas de coluna e cobrava um valor simbólico pelo atendimento. A demanda por suas massagens era relativamente grande devido aos resultados obtidos pelos pacientes. Isso acabou acarretando ciúmes na classe médica da cidade.

Certa noite foi procurado por uma Comissão de Médicos com a finalidade de instar Dr. Akira a abandonar a prática da medicina e massagens, pois ele não estava devidamente qualificado, credenciado para essas práticas, principalmente no que se referia às massagens. Os membros da Comissão alegavam que só quem detém conhecimentos profundos do corpo e da conjuntura óssea pode exercê-las. Não bastaram as justificativas apresentadas (gratuidade no atendimento dos mais pobres e sua formação em medicina no Japão). Nesse momento, o gato da casa, um enorme angorá, subiu na mesa. Dr. Akira enrolou o gato, deu-lhe nós nas quatro pernas, usando o rabo, escondeu a cabeça no meio do corpo enrolado, deixando-o imóvel como uma bola enquanto discutiam. A conversa estendeu-se por algum tempo, a Comissão insistindo na desistência do Dr. Akira na prática da medicina. No final, a Comissão resolveu entrar com processo de cassação. Dr. Akira desenrolou o gato e este saiu tranquilamente da mesa.

Nunca houve tal processo.

Devido ao acontecimento com Frederico, o "quinteto do barulho" deu um tempo.

De vez em quando Ângela vinha até minha casa me mostrar sua coleção de fotos de artistas, que ela recortava de jornais e revistas, e me confidenciava que ia estudar balé na capital: queria ser bailarina.

Às vezes eu ia à sua casa com fotos que recortava pra ela aumentar sua coleção. Não tínhamos nos declarado, mas nos considerávamos namorados, inocentes namorados sem o apoio, é claro, dos pais.

SERVIÇO PÚBLICO

Aos dezesseis anos inscrevi-me no concurso da prefeitura municipal para o cargo de Atendente Administrativo. Passei em primeiro lugar, entre cem candidatos, e me tornei um funcionário público. Nessa altura dos acontecimentos, meus amigos Luiz, Frederico, Arnaldo e Takeshi já tinham tomado rumos diferentes. Luiz e Arnaldo começaram a namorar garotas da cidade, Frederico foi estudar na capital e Takeshi mudou-se para a casa de seu tio, na região noroeste do Estado, para gerenciar um hotel. Eu mantinha o namoro reservado com Ângela.

Seus pais não acreditavam num namoro sério e a gente se encontrava mais vezes na prefeitura. Todas as tardes eu tirava uma folga para o café e ficávamos conversando, de mãos dadas, no refeitório da prefeitura. Na entrada do refeitório colocaram uma placa "A CABANA", nome dado pelos funcionários da prefeitura. Era o nosso namoro. Namoro na cabana com juras e promessas.

Certo dia acabamos discutindo sobre o nosso relacionamento por conta da intransigência dos pais de Ângela. Ameacei pedir sua mão em casamento. Minha atitude deixou-a muito nervosa, chorou, argumentou que isso poderia pôr fim ao namoro. Falei com rudeza que ela não tinha certeza do meu amor, que não me amava. Por duas semanas deixei de vê-la. Ela não foi à prefeitura.

Fim de ano e Ângela viajou com os pais durante os meses de férias da Escola Profissional.

Aguardei o início do ano letivo com muita ansiedade, com saudades de Ângela e dos nossos encontros na cabana. Nove horas da manhã, abrindo a prefeitura, dou de frente com Ângela e dona Neuza.

— Mamãe veio resolver um problema. Precisamos conversar. Fomos ao refeitório. Ângela estava séria, triste.

— Aconteceu alguma coisa?

— Tenho uma notícia nada boa. Vamos nos mudar para Porto Alegre. Papai vendeu parte da fazenda e aplicou na cervejaria, mas não deu certo. O prejuízo é incalculável e agora ele vendeu a outra parte da fazenda e comprou uma indústria no Rio Grande do Sul.

Levei um choque. Não sabia o que falar.

— Ângela, vamos nos casar. Falo com seus pais. Eu posso sustentá-la se esse é o receio deles.

— Não é esse o problema...

— Qual é o problema, então? Eu a amo, você me ama. Eles têm de entender.

— É que não somos adultos, ainda. Temos de esperar mais dois ou três anos. Não vão autorizar nosso casamento.

Não adiantaram meus argumentos. Perdi a paciência e acabei discutindo com Ângela. Dona Neuza apareceu e interveio.

— Marco, tenha calma. Não vai ser o fim do mundo. Vocês vão se comunicar e o tempo passa logo. Eu compreendo vocês, mas não pode ser da forma como vocês querem.

Meses se passaram. Cartas vinham, cartas iam. A saudade aumentava e minha tristeza também. As cartas começaram espaçar cada vez mais. Dois meses sem carta de Ângela. Jerry, primo de Ângela, procurou-me em casa para trazer notícias. Minha ansiedade e expectativa deixaram-me desesperado.

— Marco, infelizmente não trago boas notícias de Porto Alegre. Meus pais visitaram meus tios. Ângela está muito doente...

Despejei um monte de perguntas.

— Doente? O que houve? Algum acidente? É grave?

Jerry calou-se por um tempo.

— *É sério. Não foi acidente. Os médicos descobriram que ela tem uma doença degenerativa muito grave. Meus tios vão tentar um tratamento nos Estados Unidos, mas as expectativas não são boas. A doença se alastrou muito rapidamente.*

Senti dores no peito, meu coração disparou minha respiração falhou, tive vontade de gritar, sair correndo, não ouvir mais nada, minha visão desapareceu e quase desmaiei.

— *Vou vê-la. Vou para Porto Alegre, agora mesmo.*

— *Marco, sua ida a Porto Alegre, além de desnecessária, vai perder a viagem. Eles partiram ontem à noite.*

— *Preciso falar com ela...*

O desespero tomou conta de mim. Joguei-me no sofá querendo que o mundo caísse sobre mim.

— *Meus pais trouxeram uma carta pra você.*

Era de Ângela. Tremendo, peguei a carta e fui para o meu quarto.

"Meu querido Marco. Choro por não ter você. A vida não quis o nosso amor, mas levo o seu amor no meu coração apertado. A poesia que você me deu no dia que parti, devolvo-lhe. Lembra-se que falei que ela soava como uma despedida? E foi. Beijos. Ângela".

Chorei como nunca chorei em minha vida.

Depois do nosso último encontro na cabana, irritado com a conversa que tivemos, escrevi um poesia em desabafo e dei pra Ângela no dia que viajou para Porto Alegre.

Lembro-me que, ao lê-la, Ângela esboçou um sorriso triste abraçou-me, beijou-me no rosto e falou: "soa como uma despedida". Nada respondi.

Perdão se brigo contigo
Por sua vã incerteza
Ou por minha débil razão.
Revoga essa estranha tristeza,

Declina ser minha princesa
E abdico ser seu vilão.
Todo reino unido deprime
Clamando pela vida insana.
Só o amor eterno imprime a
Saudade na velha cabana.

Um mês depois, Jerry comunicou-me o falecimento de Ângela nos Estados Unidos. Fui ao velório em Porto Alegre.

Nunca me casei e, por ironia do destino, sou viúvo de um sublime amor eterno.

Conheci muitas mulheres, mas nenhuma preencheu o vazio que Ângela deixou em minha alma.

REPRESSÃO DO REGIME MILITAR

Em uma das minhas idas à capital, Índio pediu-me que trouxesse notícias de Arnaldo, dos outros três amigos e deu-me o endereço.

— Meu nome é Mozart, amigo do Índio. Pediu-me que o procurasse e levasse notícias suas e dos demais membros do quinteto do barulho.

— Sou funcionário do Banco do Brasil desde que vim para a capital. E você, trabalha com Índio na prefeitura de Terra Verde?

— Não, sou pesquisador e estou escrevendo as memórias do Índio, a pedido dele.

— Memórias do Índio? Pelo que lembro do nosso tempo, você vai escrever muitos volumes.

— Índio aposentou-se, mas me conte, você se casou, tem filhos, tem visto os demais do grupo?

— Sim, casei, temos um casal de filhos. Não tive mais contato com eles, mas acompanhei parte da vida de Frederico aqui na capital. Frederico entrou na faculdade de direito, formou-se, casou-se com uma colega de classe, Luiza é seu nome. Tiveram uma filha e se engajaram na luta contra o regime militar. Os dois faziam parte da UNE. A policia invadiu as instalações do Congresso da UNE em Ibiúna.

Frederico e Luiza foram presos e levados ao Departamento de Operações e Informações e Centro de Operação de Defesa Interna (DOI-CODI). Com muita dificuldade e, graças a um alto funcionário do Banco, fiz algumas visitas a eles na prisão. Na última vez que os vi fiquei horrorizado com o estado deprimente que apresentavam: magros, mal vestidos, numa cela com mais de vinte pessoas, homens e mulheres dormindo no chão.

Ele e Luiza aparentavam doentes, não paravam de tossir e a pele macilenta. Luiza pediu-me que contatasse sua mãe e que ela cuidasse de Lucinha, sua filha. Na última vez que lá estive, fui informado que os presos daquela cela foram transferidos para outro local, mas não disseram onde e me recomendaram não mais aparecer por lá. Não mais tive notícias deles. A mãe de Luiza tentou localizá-los, mas sem sucesso. O resto da história fiquei sabendo pelos jornais: a Lei de Segurança Nacional, de vinte e nove de setembro de mil novecentos e sessenta e nove, permitiu a aplicação da pena de morte em alguns casos e barrou parte das manifestações estudantis. Todos os que estavam naquela cela desapareceram para sempre. Uma tristeza abateu-se sobre mim.

— Sinto muito por eles.

— Índio perguntou sobre Roberto, irmão do Frederico.

— Ah! Roberto, irmão do Frederico, o "coroinha da igreja", uma peça rara neste país conturbado. Alguns anos atrás Frederico contou-me com detalhes a vida do seu irmão. Achei burlesca e interessante. Vou resumir a história.

"Roberto veio estudar na capital. Morou numa pensão, trabalhava durante o dia e estudava à noite. Ia e voltava da escola de ônibus. Certo dia, voltando do serviço, ônibus lotado, ele sentado e, em pé, ao seu lado, uma loura, muito bonita, corpo escultural, um verdadeiro 'avião', aproveitou o balanço do ônibus para roçar seu quadril no ombro do Roberto. Jovem, cheio de vigor, Roberto entusiasmou-se, gostou da atitude dela, mas recatado como sempre foi, não se manifestou.

Nos dias que se passaram a imagem daquela moça não saía da cabeça. No trabalho, na faculdade, nos seus sonhos ela tomava conta do Roberto. Ele chegou a fazer poemas onde confessava seu amor. Nas idas e vindas de ônibus, Roberto procurava por ela.

Num domingo de manhã, atravessando a praça, deparou-se frente a frente com a imagem estonteante de sua secreta amada. Estava acompanhada de outra mulher, cumprimentou-a, sorriu e perdeu a fala. Engasgado, sua voz quase não saía, apenas sorria e fitava aquela figura que o deixava inebriado. Seu coração explodia e tirava o seu fôlego. Por fim, ela tomou a iniciativa. Com um largo sorriso, dentes brancos brilhantes falou:

— Oi, tudo bem?

— Tu... tudo bem. E você?

— Bem, esta é minha irmã Mirna. Eu me chamo Mara, e você?

— Ro... Roberto, prazer.

— O prazer é todo meu, não é Mirna?

— É sim, darling.

— Você está procurando alguém?

— Não, não. Estou indo para a loja onde trabalho. É domingo, mas tenho coisas para fazer lá.

— Ah, que pena, pensei que você fosse passear com a gente. Bem, tome meu endereço. Faça uma visitinha para nós, à noitinha. Eu vou ficar muito contente se você for. Tchau.

— Vou sim, tchau.

Não totalmente recomposto, seguiu seu caminho, olhando para traz e viu Mara sorrindo.

Durante toda a manhã Roberto ficou na loja, não conseguiu se concentrar nos relatórios que tinha de examinar. Três dias depois resolveu ir até a casa da Mara. Tomou um bom banho, perfumou-se, vestiu seu melhor terno, tocou a campainha e foi atendido por um senhor de cabelos brancos.

— Sim, o que deseja?

— Vim ver a Mara, ela está?

— Ah! Entre, entre, por favor. Ela deu uma saída, mas volta logo. Sente-se, fique à vontade. Mirna, venha fazer sala para o senhor... como é mesmo o seu nome?.

— Roberto.

— O senhor Roberto veio visitar sua irmã.

Mirna desceu as escadas e Roberto levou um susto. Não a reconheceu. Ele tinha visto Mirna na praça vestindo saia e blusa. Agora, ela estava com os cabelos desalinhados, de calça comprida, de botas pretas, uma pintura em excesso, lábios pintados com batom supervermelho, olhos avermelhados, cara de sono e o pior, com uma voz pastosa, rouca, quase masculina. Devia estar bêbada.

— Boa tarde, querido. Sua queridinha volta logo.

Esse logo durou duas horas. Começou escurecer, mas Mara chegou, cumprimentou Roberto, disse que ia tomar um banho e desceria logo. Meia hora depois Mara desceu, beijou Roberto na face, propôs darem uma volta e saíram. Roberto estava maravilhado com a figura de Mara: vestido colorido, colado ao corpo, cabelos presos, sorridente. De repente parou e olhou para Roberto.

— O que você quer de mim? Quer ir pra cama comigo?

— Não, Mara. Quero conversar. Eu estou apaixonado por você.

Mara deu uma risada.

— Apaixonado por mim? De onde você tirou isso? Você me viu apenas uma vez, não me conhece, sabe o que eu faço? Sabe qual é meu trabalho? Que diabo de homem é você? Deve haver algum motivo muito forte para você querer casar comigo. Diga logo qual é a jogada.

— Jogada nenhuma, Mara. Eu sei quem você é e o que faz: mulher da vida. O motivo é que gostei de você, vi você muitas vezes em meus sonhos, sou sozinho, nunca tive namorada e gosto muito de você. Mais ainda, não quero aventuras, quero relacionamento sério. Se você topar eu serei o homem mais feliz do mundo.

Ela olhou Roberto de cima a baixo e falou.

— Me esquece moleque. Não posso perder tempo com uma maluquice dessa. Me esquece, tá? E voltou pra casa. Desnorteado e envergonhado, Roberto vagou pela rua durante horas. Disse Frederico que Roberto chegou a chorar pelo duro golpe sofrido.

Dias depois conseguiu o telefone da casa da Mara. Ligou algumas vezes, foi atendido por ela, mas a ligação caía. Roberto não desistiu e passou frequentar a praça todo fim de semana na esperança de encontrá-la. Sua insistência tomou-lhe várias semanas até que num domingo eis que a dupla Mara e Mirna surge. Roberto, tomado de coragem, postou-se à frente de Mara.

— Você não acredita em mim, enxotou-me da sua vida, magoou-me, eu gosto de você, quero falar com você e quero que me escute. Depois saio da sua vida para sempre. Mara levou um choque, ficou pensativa por alguns momentos, talvez analisando Roberto, pediu a Mirna que os deixasse a sós. Momentos depois seus olhos encheram de lágrimas. Resumindo a história: Mara contou que ela e Mirna eram obrigadas a se prostituir forçadas por seus pais. Confessou que há tempos pensou em fugir de casa e da opressão dos pais, mas não tinha coragem, pois eles eram dependente dela e Mirna. Roberto beijou-a e prometeu tirá-la da casa. Casaram, tiveram três filhos e a convivência dos dois, segundo sei, é perfeita".

Voltamos às memórias de Índio.

FÉRIAS EM FORTALEZA

No início, senti-me satisfeito em dividir meu salário com as despesas da casa, motivo de muita satisfação para meus pais. A falta de empregos e a economia do país em recessão se acentuavam dia a dia. Tudo era caro, não me sobrava troco. Apesar das dificuldades, nunca faltou alimento em casa. Os serviços de costura de mamãe, os carretos de papai, a produção da horta e galinheiro supriam as necessidades básicas da família.

Estava satisfeito com o meu serviço. O contato diário com pessoas diferentes, pessoas alegres, tristes, nervosas, insatisfeitas com a administração pública, gente brigada com a vida. Esse contato deu-me uma visão real da vida, muito diferente da que leva um adolescente. Antes eu vivia ao sabor das ondas, sem me preocupar com o amanhã.

Eu ouvia as pessoas atentamente, encaminhava para o setor competente e, às vezes, fazia o papel de confessor. Aparecia todo tipo de reclamação: o cachorro do meu vizinho late a noite toda, tem um buraco na rua e quase caí nele, meu marido fugiu com a empregada, faltou água neste fim de semana e não tomei banho, o pai do meu filho diz que o filho não é dele etc. etc. A prefeitura mantinha um departamento que atendia, de graça, as causas jurídicas. Dalmo Olivetto Rezende era o único advogado da cidade e acumulava o cargo de secretário das finanças.

Em mil novecentos e quarenta e seis, gastei minhas parcas economias em merecidas férias e conheci, em Fortaleza, uma pessoa de nome Hans Joachim Neukrans. Lembrei-me dele quando você comentou sobre a guerra. Aparentava ser mais velho que eu. Estávamos hospedados no mesmo hotel à beira-mar, em apartamentos frente a frente. Encontrava-o no café, almoço e jantar. Sempre bem-vestido, ar sério, sen-

tava em mesa separada e evitava conversa com as demais pessoas do hotel.

Certa manhã, após o café, voltei ao meu apartamento com uma jarra d'água. Ao dobrar o corredor, dei de encontro com ele. A água entornou em seu terno, pedi desculpas e o convidei a entrar para enxugar sua roupa. Com gestos nervosos me evitou e entrou rapidamente no seu apartamento.

Fiquei constrangido pelo ocorrido. Troquei a camisa respingada e fiquei remoendo o desastre cometido. Não me contive. Bati à sua porta. Ele abriu somente uma fresta, deu um suspiro de enfado e falou com um português enrolado, mas inteligível.

— Não foi nada, não precisa se preocupar. Eu tenho outro terno para trocar.

— Mas senhor... senhor, eu me sinto culpado e se não fizer algo para reparar, vou me recriminar para sempre.

Houve um momento de hesitação e silêncio. Abriu a porta. Ele estava de camiseta com alguns escritos que não entendi, vestindo um calção de ginástica. Entrei me desculpando, falando que foi sem querer, que eu mandaria a roupa para lavanderia...

— Basta! Já lhe disse que não foi nada. O senhor parece muito nervoso. Sente-se. Um chá lhe fará bem.

Apesar do sotaque arrastado, seu português era perfeito. Agradeci o chá e, de relance, passei os olhos pelo apartamento. Estava impecavelmente arrumado, bem diferente do meu que se encontrava na maior bagunça. Perguntou o que eu fazia, qual era a minha profissão. Falei da minha cidade, do meu trabalho na repartição pública, dos dias de férias que eu passava em Fortaleza.

Ouviu atentamente, sem me interromper. Senti-me um idiota falando sem parar, até que dei conta do meu excesso e me calei, envergonhado.

— O senhor me parece muito interessante, gosto de ouvir gente jovem falar. Como se chama?

— Marco.

— Marco... Marco...

— Marco Polo Ingh.

— Joachim, prazer.

— Joachim... Joachim, atrevi-me.

— Hans Joachim Neukrans.

— Peço desculpas por minha curiosidade, mas, por acaso o senhor é militar?

Com um ar desconfiado, ele perguntou.

— Por que o senhor quer saber?

— Desculpe. Só curiosidade. Como a guerra terminou há pouco, pensei...

— Não pense em nada, estou no Brasil há muitos anos.

Fiquei sabendo que seu pai foi militar na Primeira Guerra e serviu o exército alemão até 1924. Em 1928 foi convocado pelo novo partido nazista para formar um novo exército. Resolveu sair da Alemanha por não acreditar nas promessas políticas do partido. Conseguiu ajuda de amigos residentes no Brasil, mudou-se com sua esposa Helga, seus filhos Hans Joachim e Frida para uma fazenda no interior do Estado de São Paulo. Soube também que Joachim trabalhava para uma organização internacional, viajava muito e fazia levantamento de áreas inexploradas que pudessem ser aproveitadas para lavoura e criação de gado.

Joachim fez algumas perguntas a respeito do meu serviço, creio que para mudar de assunto.

— Como é o seu trabalho na repartição? É interessante? Você gosta do seu trabalho?

Várias perguntas ao mesmo tempo me fizeram, de novo, desandar nas respostas.

— Trabalho no atendimento ao público que procura a repartição para resolver problemas com a administração.

Oriento as pessoas, encaminho aos departamentos conforme suas necessidades. É um serviço interessante, estou sempre em contato com pessoas diferentes e às vezes me sobra tempo para leitura. Adoro ler, pesquisar sobre alguns assuntos, estou estudando, quero ser engenheiro...

Interrompeu-me.

— Sobre que assuntos você gosta de ler?

— Leio sobre a guerra, mas gosto mais de ficção, de assuntos científicos, sobre as descobertas médicas, enfim, de tudo que me aguça a curiosidade. Tenho visitado algumas entidades assistenciais, médicas e sociais na região onde moro. Não sei por que, mas elas me atraem, em parte por curiosidade.

— Marco Polo... Seu nome é interessante, nome de um...

— Viajante.

—Viajante, descobridor, personagem que realmente existiu. Muito interessante.

Durante a semana conversamos bastante, assuntos variados. Percebi que eu falava mais e Joachim me observava.

Encontramo-nos no salão de café.

— Marco, vou dar um giro pela região. Gostaria de me acompanhar? É um passeio pela praia. Há algo lá que acho interessante.

Estranhei o convite. Alguém que mal conheço convidando-me para um passeio... na praia? Pensei numa desculpa para declinar do convite. Entretanto, eu estava sozinho e achei que seria descortês da minha parte não aceitar. Concordei, mas com um pouco de receio.

— Praia? Levo calção de banho?

— Não, não há necessidade.

Fomos na sua camionete, passamos por trilhas, aclives, declives, buracos e lama até uma praia deserta, estreita, pequena, beirando um rochedo de uns cem metros com pouca vegetação. O rochedo era úmido, coberto de musgos. Fiquei apreensivo e atento. Eu desconhecia o motivo desse passeio. Estava um pouco dolorido devido aos solavancos da camionete. Observei todos os ângulos daquela pequena praia. Fomos até o final dela, no seu lado direito. Paramos a uns três metros do paredão.

— Está vendo alguma entrada? — perguntou Joachim.

— Não, não vejo nada.

— Não olhe de frente, olhe de lado, sem virar a cabeça.

— Interessante. De fato há uma reentrância na rocha, uma entrada e parece muito estreita.

Joachim sorriu.

— Trata-se de ilusão de ótica provocada pela localização da praia e do rochedo, mas a entrada existe, é real. Observe que a parede do rochedo não sobe em linha reta. Há uma inclinação tanto para cima como para o lado direito. Essa entrada é estreita, mas não é a entrada principal. Há outra bem maior. Vamos entrar por esta mesmo.

— Trouxe lanterna? Deve ser escuro lá dentro.

— Não se preocupe com a luz.

Receoso, entrei. Realmente não havia necessidade de lanterna. Uma tênue claridade brotava das paredes de pedras incrustadas nas paredes.

— São pedras fluorescentes, comentou Joachim. Minerais que absorvem radiação de um tipo de onda e retransmitem uma radiação maior. Daí, essa luminosidade.

A caverna era grande com mais ou menos mil metros quadrados. Chamou-me a atenção o piso. Era liso, trabalhado. Trabalhado por quem?. Quem escavou aquela caverna? Fiz essas perguntas ao Joachim.

— Você saberá as respostas logo. Há outra sala maior, vamos ver.

Entramos e tive uma leve tontura. Balancei e fui segurado por Joachim. Sensação estranha. Senti-me leve, como se estivesse levitando e não andando. Um leve zumbido soava nos meus ouvidos.

— Esquisita essa sensação, não? É uma caverna interessante. Existem outras salas nesta caverna e não são naturais.

— Escavadas? Por quem?

— Vamos conversar um pouco.

Sentamos numa pedra e Joachim discorreu sobre suas descobertas na Alemanha e em alguns países da América do Sul, incluindo o Brasil. Lugares longínquos, matas virgens, povos estranhos. Falou sobre as provas que coletou nas suas viagens. Comentou que a caverna faz parte de um projeto muito antigo, que foi desativada por ter cumprido seu tempo de uso e que eu receberia, mais tarde, respostas às minhas perguntas. Não insisti.

Voltamos pelo mesmo caminho. Pelo tempo que gastamos, imaginei termos chegado na hora do almoço. Olhei no relógio. Marcava nove horas. Saímos às oito horas, com certeza meu relógio parou de funcionar. Não, o relógio não tinha parado, pois o relógio do hotel marcava nove horas. Calculei o tempo que levamos até a praia: trinta minutos na ida, trinta minutos na volta. Pareceu-me ter ficado umas quatro horas conversando com Joachim e examinando a caverna. Fiquei intrigado e interpelei Joachim.

— Eu lhe disse que era uma caverna interessante. É o que posso adiantar no momento. Amanhã será outro dia e talvez possa esclarecer suas dúvidas.

Batidas na porta. Baltazar entrou e pediu que Índio o ajudasse a resolver um problema. Mozart encerrou os trabalhos do dia.

O LIVRO SUMIU

Mozart lembrou-se da paisagem do vale onde Índio o levou e do livro que folheou na biblioteca. Sentiu alguma semelhança entre a paisagem do vale e o desenho na folha de papel entre as páginas do livro. Isso deixou-o curioso.

Mozart foi até a biblioteca, interessado em rever o livro e o desenho. Foi direto à estante, leu vários títulos e não achou o livro que procurava. Forçou a memória para lembrar o tipo, formato, cor e algo mais que pudesse identificar o volume. Lembrou-se perfeitamente como era o livro. Apelou para a bibliotecária, Marina era o nome inscrito no crachá.

— Por favor, na semana passada manuseei um livro naquela estante e agora não o encontro. Procurei em todas as prateleiras. Por acaso alguém o retirou?

— Qual o título do livro?

— Discos voadores.

— Um momento, por favor.

Marina manuseou o livro de arquivo da biblioteca.

— Não temos o registro desse livro. O senhor tem certeza que o título é discos voadores?

— Sim, tenho. O autor é um tal de M. Polo I (primeiro).

— Tenho o controle por autor. Um momento.

Alguns minutos depois retornou.

— Infelizmente, senhor, não temos registro desse autor.

— Mas esse livro esteve em minhas mãos dias atrás. Alguém pode tê-lo retirado. Você tem controle de saída?

— Sim, senhor. Um momento.

— Abriu um arquivo de fichas e o manuseou por um longo tempo.

— Senhor, desculpe, mas esse livro deve estar na estante. Não houve retirada. Verifiquei nos últimos dez dias. Vamos até lá, vou ajudá-lo.

Mozart e ela reviraram a prateleira, bem como as demais em volta e não encontraram o livro. Numa última tentativa perguntou se ela o autorizava a retirar os livros da prateleira, com todo o cuidado possível, pois o livro poderia ter caído entre os demais. Autorizou, mas ficou observando. Não encontrou o livro.

— Marina, se por acaso alguém devolver o livro, por favor, me avise. Estou hospedado no Hotel Central. Meu nome é Mozart, Ok?

— Está bem, senhor Mozart. Entretanto, devo informar que alguns livros desta biblioteca não têm registro. São livros doados há muitos anos, numa época que não havia sistema de registro. Talvez seja por esse motivo que não o encontrou. Se porventura for localizado, eu o informarei sem demora.

— Grato, aguardo.

Mozart retirou-se frustrado, pois tinha certeza da existência do livro, chegou a manusear, abriu a folha que continha a paisagem e a guardou no mesmo lugar. Pensou em comentar o fato com Índio, mas resolveu aguardar um pouco na esperança de que Marina o localizasse.

IRENE

Mozart voltou ao hotel, tomou um banho, trocou de roupa e desceu para o salão. Para sua surpresa encontrou Irene manuseando uma revista de modas. Sentada numa poltrona, sorriu, levantou-se e cumprimentou Mozart com um beijo na face. Estava sem o uniforme do hotel e vestia uma saia cinza-claro, justa, uma blusa estampada que lhe delineava o corpo esguio, cabelos soltos até os ombros, lábios de batom vermelho.

Ao se aproximar dela sentiu o perfume suave e a leveza nos seus gestos. Não parecia garçonete de hotel. Parecia mais um anjo saído dos contos de fadas. O coração de Mozart bateu em descompasso e ficou encabulado a ponto de não achar palavras para cumprimentá-la. Ficou mudo.

— Oi, Mozart. Estou de folga hoje.

— Oi — respondeu, fuzilando com os olhos aquela imagem à sua frente. Estava apaixonado. Não sabia o que dizer. Olhou Irene com cara de bobo.

— É a segunda vez que compro seus pensamentos.

— Como?

— Acho que você tem trabalhado demais. Que tal tirar uma folga e me pagar um sorvete? Está muito quente hoje.

— Ok. Você escolhe os sabores.

É o que conseguiu responder. Irene enlaçou seu braço no de Mozart e, sorrindo, puxou-o para si, deixando-o um pouco descontrolado, cambaleante.

Encontraram Índio na sorveteria tomando um milk-shake, conversaram bastante, não falaram sobre discos voadores, Irene contou sua vida na fazenda de seu pai até a adolescência e o curso filosofia concluído na capital.

— Curso de filosofia? — perguntou Mozart. — Como aplicar filosofia em Terra Verde?

— Filosofia não se aplica, Mozart. Filosofia estuda os problemas da vida, da nossa existência. Ela fundamenta os princípios do conhecimento, da verdade, da amizade, do amor, da sabedoria. É um estado de espírito da pessoa que busca o conhecimento, a paz, a felicidade.

Irene discorreu sobre filósofos antigos, contemporâneos, gregos, romanos, citou trechos de obras de Sócrates, Aristóteles e outros. Citou com muita ênfase parte da "Alegoria da caverna de Platão", seu preferido:

"Imaginemos uma caverna subterrânea onde, geração após geração, seres humanos estão aprisionados. Suas pernas e seus braços estão algemados de tal modo que são forçados a permanecer sempre no mesmo lugar e a olhar apenas para a frente, não podendo girar a cabeça nem para traz nem para os lados. A entrada da caverna permite que alguma luz exterior ali penetre, de modo que se possa, na semiobscuridade, enxergar o que se passa no interior. A luz que ali entra provém de uma imensa fogueira externa. Entre ela e os prisioneiro — no exterior, portanto — há um caminho ascendente ao longo do qual foi erguida uma mureta, como se fosse a parte fronteira de um palco de marionetes. Ao longo dessa mureta-palco, homens transportam estatuetas de todo tipo, com figuras de seres humanos, animais e todas as coisas".

Enquanto Irene exaltava Platão, imagens surgiam na mente de Mozart formando, como num passe de mágica, o sentido da palavra do filósofo revelando a vida humana sujeita à sina eterna imposta pelo Criador. Ouvia embevecido e a voz de Irene era música para seus ouvidos. Sua paixão explodia naquela tranquila tarde em Terra Verde. Irene voltou para o hotel. Mais tarde ele iria vivenciar, na própria pele, o sentido da alegoria da caverna de Platão

Índio, que se manteve calado, falou sorrindo:

— Amor é sentimento lindo, paixão mata.

Mozart enrubesceu e gaguejou.

— Apaixonado eu? Ainda não me declarei e não sou correspondido.

— Claro que é. Está nos olhos dela, Mozart. Só você não percebe.

— Como você sabe? Ela lhe falou a respeito?

— Não, não. Quem ama não se expõe. Aguarda que a outra parte tome iniciativa. Vai lá homem. Declare seu amor à Irene antes que outro o faça.

Mozart resolveu dar um giro pela cidade e as palavras de Índio martelavam sua cabeça.

No dia seguinte, não sentiu vontade de datilografar. Seus pensamento estavam focados em Irene. Imaginou-se junto dela, sentindo seu perfume, encostando em seu corpo, abraçando-a, beijando-a. Acordou do devaneio com o pigarro estridente do Índio. Índio sorriu e Mozart percebeu a cumplicidade de Índio no seu sonho acordado. Decidiram continuar os trabalhos noutro dia. Índio concordou

Mozart tomou um banho, vestiu-se com apuro e desceu ao salão. Hora e meia se passaram e nada de Irene. Frustrado subiu ao quarto. Ao fazer a volta no corredor, deu de encontro com ela. Bendito encontro. Seu coração disparou, gaguejou, pediu desculpas, falou que era um desastrado, que precisava tomar mais cuidado. Ela ergueu a mão, seu dedo indicador tocou os lábios de Mozart e...

— Shiii! Mozart, calma. Não aconteceu nenhum acidente. Foi só um encontrão. Eu nem caí...

— Mas...

— Nada de mas.... Você parece nervoso. Vou buscar um copo de água. Espere aqui.

Sorriu, desceu rapidamente os degraus e voltou. Mozart, envergonhado, não sabia o que falar. Perdeu a voz. Observou que Irene não estava com o uniforme do hotel. Trajava um vestido rosa claro, com pequenas flores adornando a cintura e um generoso decote. Uma fita verde-claro prendia os cabelos e um delicioso perfume recendia no ambiente.

— Você está de folga?.

— Não. Tirei uns dias para visitar meus pais. Preciso resolver alguns problemas em Terra Verde e irei em seguida. Voltarei no fim de semana. O movimento no hotel está fraco nestes dias. Geralmente é no fim de semana que o serviço aumenta, então estarei de volta.

Deu-lhe um beijo rápido nos lábios e Mozart não se conteve. Agarrou-a junto ao corpo e um beijo ardente e longo selou aquele encontro.

Mozart passou o dia revisando as memórias de Índio, corrigindo erros de datilografia e concordância. Estava calmo e feliz da vida. Não via a hora de encontrar com Índio e contar sua declaração de amor.

Ao cair da tarde Irene retornou ao hotel com inúmeros pacotes de presentes para os pais. Subiu até o quarto de Mozart para mostrar as compras. Estava alegre, radiante. Mostrou a Mozart um vestido que comprou e pediu sua opinião. Desembrulharam e embrulharam os presentes e conversaram bastante. Ao escurecer, o amor contido refloresceu e os beijos duraram uma eternidade.

Uma réstia de luz da lua minguante invadiu o quarto. Na sacada continuaram abraçados. Irene recordou seu tempo de estudante, seus autores preferidos, olhou para a lua e recitou um verso.

"... E a si mesmo Ruth, imóvel perguntava,
Entreabrindo o olhar debaixo dos seus véus
Qual Deus, qual segador que do eternal verão,
Ao partir, deixaria por vadiação,
Esta foicinha de ouro no campo dos céus."

E Mozart emendou:

— Victor Hugo.

— Tchau. Te vejo sábado

Mozart estava feliz, mas triste porque ela se foi, abandonando-o por uma semana.

Encontrou Índio no Bar do Zeca. Como de costume, a cerveja desafiou o calor e desta vez festejou um acontecimento. Índio, olhando para Mozart cantarolou, acompanhado de um sorriso nos lábios.

— Por que bebes tanto assim rapaz? Ela vai voltar, não se preocupe. Alguns dias longe só faz aumentar a saudade e o amor. Aguarde.

— Não comentei nada com você. Por acaso...

— Seus olhos, a forma como você olha e suspira, seus gestos, tudo isso conspira contra você.

Mozart Sentiu-se acanhado e, ao mesmo tempo, lisonjeado, ouvindo essas palavras de um amigo, apesar de conhecê-lo há pouco tempo. Abriu seu coração.

— Até hoje mulher alguma me fez sentir atraído, por beleza, simpatia, modo de se portar ou vestir. Nesse pouco tempo, Irene empacotou todas as minhas ilusões, meus problemas, meus sentimentos, minhas fraquezas, jogou no baú, guardou a chave e deixou a vista somente a sua imagem linda com um sorriso encantador.

— Muito bem! — aplaudiu Índio. Meus parabéns. Você confessou seus bons sentimentos e sensatez brotaram do seu coração. Isso me deixa muito feliz. Conheço Irene e sua família há vários anos. Jamais permitiria que alguém ferisse seus sentimentos. Seus pais e ela merecem consideração e respeito por formarem uma família perfeita. Irene sente o mesmo por você.

— Vocês conversaram a meu respeito e você nada me contou.

— Engano seu, Mozart. Não conversamos. Apenas observei vocês dois nas vezes que se encontraram. Minha irmã trabalha no hotel e, você sabe, mulheres trocam confidências.

Mozart ficou curioso em saber o que elas conversaram, mas se conteve. Continuaram bebendo, conversando.... De repente entra um garoto dos seus dezoito anos esbravejando, xingando um sujeito encostado no balcão.

— Seu fdp, você tem mulher e vem mexer com minha irmã. Vou acabar com sua raça. Vá mexer com sua filha, seu porco nojento.

Avançou contra o brutamontes que devia ter o dobro de massa do garoto. Era uma briga de Davi contra Golias. Golias, o grandão, pegou Davi, o pequeno, e o jogou sobre uma mesa. A mesa e cadeira viraram cacos. Não satisfeito, avançou contra o garoto que estava se contorcendo, abaixou para pegá-lo. Num gesto rápido o garoto sacou de uma navalha e riscou a garganta do grandão. O sangue jorrou qual torneira aberta. Pôs a mão na garganta, cambaleou e se estatelou no chão encharcado de sangue.

Zeca, encostado no balcão, olhos esbugalhados, boca aberta, branco como uma folha de papel, parecia petrificado. O garoto desapareceu correndo. A gritaria foi geral.

— Chamem um médico, polícia, chamem a ambulância...

Índio pegou Mozart pelo braço.

— Vamos, vamos sair daqui já.

— O homem precisa de ajuda...

— Esse não precisa mais ser ajudado, já era. Cortou a carótida, não tem conserto. Vamos embora que a confusão vai ficar pior. Conheço os motivos da encrenca desses dois.

Saíram pela porta dos fundos e chegaram na calçada, onde havia pessoas curiosas alertadas pela gritaria. Uma viatura da policia chegou, desceram dois policiais, fizeram um cordão de isolamento e aguardaram a chegada do rabecão. Índio contou que Rodrigão, o que morreu, era casado, tinha uma filha adolescente e se engraçou com a irmã do Robertinho, o assassino.

Nos dias que se seguiram, todos os que estavam no bar no momento da briga foram ouvidos na delegacia, inclusive Mozart e Índio. Como tudo estava esclarecido, o caso se encerrou com a prisão do Robertinho.

Nos dias seguintes, Mozart resolveu fazer algumas visitas e ouvir as mesmas histórias, mas era seu trabalho. A morte do Rodrigão ofuscou as entrevistas. Souberam que Mozart estava no bar e tinha presenciado o assassinato, então passou de entrevistador a entrevistado. Não havia outros comentários além do assassinato. No Jornal, na rádio, nas ruas o assunto era o mesmo. O que preocupava Mozart era a falta de informação consistente, de prova concreta, ou pelo menos plausível, para relatar ao Centro sobre os discos voadores de Terra Verde. Existiam muitas coincidências entre os relatos colhidos: os discos surgiam no lado oeste da colina, eram silenciosos, com luminosidade intensa de dia ou à noite e desapareciam rapidamente...

AS MULHERES DO PREFEITO

Numa das casas visitadas, foi muito bem recebido: a casa do prefeito, senhor Anderson que, também, testemunhou as aparições dos OVNIS. Apresentou sua família: duas filhas gêmeas, Rute e Rachel, e a esposa Mariane. Lindas as três, pareciam três irmãs tamanha a semelhança entre elas. Serviram um dry martini, conversaram sobre discos voadores, Rodrigão, música, arte, viagens à Europa e outros assuntos. Mozart ficou impressionado com o grau de conhecimento das mulheres: desinibidas, cultas e alegres. Não percebeu o tempo passar. O senhor Anderson retirou-se para o seu escritório e Mozart foi convidado para o jantar. Dado o passar das horas aceitou, pois estava com fome. As mulheres mostraram-se muito simpáticas e extrovertidas.

Mostraram a casa, seus alojamentos, a piscina, o jardim interno, muito aconchegante, bem arejada, bem iluminada com lustres italianos, móveis combinando o colonial com o moderno. Mozart sentiu-se à vontade. Aproveitaram o tempo para mais conversa antes de ser posta a mesa. Mozart foi questionado sobre seu trabalho. Contou, em pormenores, suas viagens pelo mundo, as descobertas ainda não confirmadas, discorreu sobre a reticência do governo em não esclarecer o povo sobre as descobertas feitas a respeito dos discos voadores...

Foi várias vezes interrompido por Rute, Rachel e Mariane quando comentou sobre suas viagens pela Índia, Itália, França e os costumes de cada povo, seus trajes típicos e a moda da época. Esboçaram um largo sorriso e ouviram extasiadas.

O cardápio lembrou a Itália e seus restaurantes: fetuccini ao molho quatro queijos, em generosa quantidade, pão e um bom vinho aberto pelo senhor Anderson.

A noite encontrou Índio na sorveteria. Pediu um milk-shake e comentou sobre a visita à casa do prefeito, sobre as duas filhas lindas e simpáticas Rute, Rachel e a mãe Mariane.

— São pescadoras e você é o peixe.

— Não mordi a isca, ainda.

— Falou bem, ainda, mas vão insistir.

Mozart ficou pensativo e mudou de assunto.

— Quando exatamente o povo de Terra Verde vê os discos voadores? De dia ou de noite? Não vi nenhum até agora.

— Não tem hora marcada: de dia, de noite. Basta ficar olhando para a "montanha" (colina), lado oeste, e você verá.

— Você prometeu levar-me até o vale, certo?

— Claro, claro. Assim será feito. Tudo no seu tempo, ok?

O BOI CRIOULO

A semana já estava na metade e Mozart resolveu rodar pela região com o seu Buick que estava parado há alguns dias e necessitava ser ligado.

Assim o fez. Deu um giro pela cidade para exibir a máquina e alimentar um pouco seu ego. Deu certo, pois nos dias seguintes o comentário focado na cidade foi o carrão do Mozart. Rodou quilômetros pelos campos, atravessou fazendas e sítios, fez algumas paradas à beira de rios, sentou-se à sombra duma árvore, deliciou-se com o ar puro e clima ameno da região, totalmente descontraído, esquecido do trabalho, de tudo... menos de Irene.

A imagem dela veio à mente. Imaginou-a ao seu lado, de mãos dadas, sorrindo correndo pela relva com o vento desmanchando seus cabelos, levantando seu vestido e, depois, deitados na grama beijando-se. Mozart estava tão absorto que não percebeu o monstro preto, com seus chifres pontiagudos se aproximando. O touro estancou a três metros. Seu sangue gelou com o susto e com o iminente ataque. Levantou de um salto e se protegeu no tronco da árvore. Apavorado, pensou subir na árvore. Touro e Mozart rodearam a árvore. Pensou em correr, mas lembrou-se que, em casos idênticos, não se deve correr e sim permanecer calmo, sem qualquer movimento, mas continuaram contornando a árvore. Já estava preste a escalar a árvore, quando ouviu chamar:

— Crioulo, vem, vem. Boa tarde, moço. Não tenha medo. O Crioulo é manso.

Gervásio, o dono do touro salvou sua vida, mas não salvou sua calça molhada.

— Olha moço...

— Meu nome é Mozart. Estou no Hotel Central.

— Ah! O moço dos discos que voam. Prazer. Aceita um café? Flora, minha mulher, fez agora mesmo. Bonito carrão o seu.

— Gostou? Vamos nele.

Casa de fazenda. Mozart viu muitas em fotografias e poucas pessoalmente, mas esta deixou-o impressionado. Construída no século passado, conservava seu aspecto rústico com toques modernos, mostrando janelas de alumínio e basculantes, portas maciças envernizadas. A pintura interna era recente de um verde-claro reluzente, varanda à volta toda com piso de ardósia verde escuro, um jardim florido e bem cuidado com uma fonte no centro, um pequeno pomar, pássaros cantando e bicando as frutas. A sala era enorme, com móveis coloniais impecáveis, quadros de bom gosto nas paredes. Um Di Cavalcanti e um Tarsila sobressaíam entre todos.

— Flô, Mozart é o homem dos discos.

— Prazer, senhor Mozart.

Flora aparentava uns quarenta anos, vestida de forma simples. Parecia artista de cinema: cabelos bem penteados, pele jovem, voz macia e serviu o café acompanhado com bolinhos de chuva.

— Gostei da casa, dona Flora...

— Flora, por favor — interveio com um sorriso.

— Parece-me uma mansão no meio do campo.

— Presente do Gervásio.

Seu semblante transmitia simpatia. De repente, ao fitá-la, uma faísca saltou de sua testa, ou de seus olhos, como se fosse um raio de luz. Apesar de ter sido num relance, Mozart ficou impressionado. Fitou-a novamente e mais uma vez a faísca saltou em sua direção. Olhou Gervásio esperando que ele desse alguma explicação. Este olhou Mozart por alguns segundos e comentou sobre o seu touro Crioulo.

— Crioulo é reprodutor de boa qualidade, ganhou vários prêmios. Recebi muitas propostas, mas não vendo por preço nenhum.

Passava das dezessete horas. Mozart voltou à cidade na marcha lenta para curtir o verde do lugar.

O TELEGRAMA

Ao entrar no hotel, um mensageiro dos Correios o abordou com um telegrama nas mãos. Timbrado URGENTE: RETORNE IMEDIATAMENTE PT MUDANÇA DE PLANOS PT. Mozart não se impressionava quando, "ene" vezes, era interrompido em seu trabalho e deslocado para outra região, mas desta vez levou um choque com a possibilidade de ter que deixar a cidade, Índio e suas memórias e, principalmente, Irene. Triste, aborrecido e preocupado, caiu na cama, olhos fixos no teto sem saber o que fazer.

Resolveu falar com Índio. Mostrou o telegrama. Índio leu e perguntou:

— Há algo que o impeça de atender a convocação?

— Sim, há. Primeiro porque não terminei as pesquisas iniciadas, segundo porque assumi o compromisso com suas memórias e tenho minha palavra para cumprir, mas...

— Terceiro — emendou Índio — porque o fim de semana está chegando e seria extremamente doloroso para duas pessoas a sua viagem.

Calei-me. A razão mais forte era Irene.

— O que pode acontecer se você desobedecer à ordem?

— Trabalho há vários anos para o Centro e jamais deixei de cumprir qualquer determinação.

— Haveria algum motivo, alguma justificativa que pudesse reverter a convocação garantindo sua permanência em Terra Verde por mais tempo?

— Não me ocorre nada plausível e aceitável pela diretoria.

— Pense Mozart. Sempre há um caminho. Pense. O que poderia existir de muito importante, dentro da sua área de trabalho, que pudesse retê-lo por mais alguns dias?

— Algo muito importante relacionado com o meu trabalho e que exija minha permanência em Terra Verde? Tudo é importante, mas não me ocorre algo que pudesse reverter a convocação.

— Um pedido da prefeitura para que terminasse o seu trabalho, por exemplo.

— Não. Não creio que iria sensibilizar a diretoria. O pedido teria cheiro de política e o Centro não se envolve com política.

— Tem razão — concordou Índio.

— Se eu fosse um paleontólogo, encontrasse uma ossada de dinossauro de vinte e cinco milhões de anos e não pudesse me ausentar até o final da escavação seria um motivo convincente.

— Bingo! Vamos descobrir o dinossauro.

— Não entendi. Explique-me.

— Vamos encontrar a ossada. Sua chefia sempre acreditou em você? Nenhuma réstia de dúvida houve até hoje?

— Acredito que sim.

— Mozart, quero que você confie em mim. Vá até os Correios e passe um telegrama nos seguintes termos: DIFÍCIL RETORNO PT DESCOBERTA INÉDITA PT MANDAREI PROVAS PT. São quatro horas da tarde, ainda dá tempo.

— Mas não descobri nada, não tenho prova alguma...

— Vai descobrir hoje mesmo, eu prometo.

— Sobre discos voadores, não! Por favor, não! Acho que não há nada que provar.

— Calma. Passe o telegrama, depois vamos dar um passeio. Acredite em mim. Sou seu amigo. Leve a máquina fotográfica. Pego você nos Correios.

A contragosto, mas esperançoso de que poderia dar certo, Mozart fez o que Índio sugeriu.

A "OSSADA"

O Jeep já estava aguardando na porta da agência dos Correios. Rodaram uns trinta minutos e Índio não aliviou o pé do acelerador. Pararam no sopé da colina, lado oeste da cidade. Entraram numa trilha estreita ladeada por vegetação alta. Andaram uns duzentos metros junto às paredes da colina.

Índio postou-se de frente ao paredão e perguntou:

— O que você está vendo?

— Um paredão à minha frente, coberta de musgos, nada mais.

— Venha — disse Índio. Pegou Mozart pelo braço e seguiu de encontro a parede. Atravessaram a parede. Mozart lembrou-se da conversa do índio com o seu amigo alemão e sentiu arrepios pelo corpo.

Incrível! Atravessamos a "parede".

— Boa ilusão de ótica, não Mozart? — comentou Índio sorrindo.

Entraram. Mozart olhou para traz e viu a parede interna com a mesma aparência da externa com musgos verdes incrustados. Retrocedeu, passou a mão e sentiu a dureza da parede, os musgos verdes e ásperos. Estava acostumado a enfrentar surpresas, situações de risco, sem se abalar. Tentou manter-se calmo, mas estava surpreso e preocupado. Sentiu sua pressão baixar. Parecia que estava sonhando. Em poucos segundos recuperou-se e percebeu que o chão era liso como se fosse encerado. Uma claridade difusa e suave iluminava o ambiente.

— Vamos mais ao fundo.

Uns trinta metros adentro, outro espaço muito maior, com a mesma claridade. No centro, algo enorme coberto com uma lona. Aproximaram-se e Mozart estava confuso, não conseguia coordenar seus pensamentos, estava ansioso, o coração acelerado. Será um disco voador? Mais uma ilusão? Não acreditava que estava ali, naquela caverna. O objeto sob a lona devia ser enorme, com mais ou menos trinta metros de extensão. Pegou uma das pontas, Índio a outra. Era uma lona superleve, quase sem peso e puxaram. Enquanto tiravam a lona, o coração de Mozart acelerava. A expectativa, o cheiro forte de mofo e o ar rarefeito da caverna fizeram Mozart cambalear.

— Você está bem?

Quase sem voz respondeu.

— Sim, estou bem.

Descobriram o disco voador, o objeto voador não identificado tão procurado por Mozart há muitos anos. Mozart não pôde segurar seu espanto. Calado circundou o disco, apalpou, uma sensação estranha assaltou sua mente, zonzo, desorientado: "Isso não existe, estou sonhando, é uma ilusão. Índio aprontou comigo de novo. Uma máquina, um disco voador. Deve pesar muitas toneladas. Será autêntico?". Estupefato, rodeou aquela máquina, examinando todos os detalhes durante minutos. Aos poucos foi ordenando seus pensamentos. Sua cabeça latejava. Índio respeitou seu silêncio.

— Vou mostrar-lhe algo interessante. Segure a aba ou "asa" do outro lado e tente, devagar, levantar o disco. Eu ajudo deste lado.

Sem muito esforço, o disco começou sair do solo como se fosse feito de papel.

— Se continuarmos, vamos levantá-lo acima das nossas cabeças — comentou Índio.

Já recomposto, Mozart percebeu que seus olhos não o estavam enganando, respirou fundo e começou aceitar o que viu.

— Tire as fotos que quiser, de frente, de trás, de perfil, de baixo, por dentro, como você quiser. Suba nele.

— Não vão acreditar, Índio, não adianta. Ademais, há perguntas que precisam de respostas, provar que não estou sonhando, que isto não é novamente uma ilusão provocada... Desculpe, nada pessoal. Talvez não seja você o culpado.

— Garanto que não é ilusão. É real. Pergunte o que quiser.

— Quem é você? Sei que você é o Índio que conheço há pouco tempo, mas realmente... quem é você? Você é um alienígena?

— Não, não sou alienígena. Sou um simples ser humano terrestre — disse sorrindo.

— Não entendo. Estou surpreso para não dizer chocado, preocupado, abismado e...

— Eis a "ossada" do seu dinossauro. Agora resta-lhe montar o esqueleto. Mozart, ante a sua preocupação em deixar a cidade de Terra Verde, resolvi antecipar o que tenho que lhe contar. Repito: o que tenho que lhe contar.

Mozart pensou intrigado: "O que Índio tem que me contar? Contar o quê? Contar a verdade? Que verdade? Índio frisou bem: 'tenho que lhe contar'. Minha mente ainda está confusa. Está difícil de aceitar tudo isso".

— Se você tem que me contar, diga logo.

— Tudo no seu devido tempo. Peço-lhe que confie em mim. Precisamos de mais alguns dias para encaixar todas as peças do tabuleiro, ou quebra-cabeças, como você quiser. Só antecipei alguma coisa para conseguir segurá-lo mais tempo, o suficiente para você ver, ouvir e aceitar.

Mozart preparou sua Canon e usou três rolos de filme.

— Alguém poderá duvidar, acionar os meios de verificação de existência de fraude ou montagem das fotos. Garantia lhe dou de que não há qualquer artifício hipnótico ou fraudulento. O disco existe. Vai levar algum tempo para você entender, tempo esse suficiente para finalizar minhas memórias.

Índio entregou a Mozart alguns escritos sobre o assunto, cujo conteúdo bíblico é de conhecimento geral, mas é aqui reproduzido: FICÇÃO OU REALIDADE. Sempre houve a aparição de discos voadores neste planeta. Alguns estudiosos declaram que as aparições começaram no século passado, entretanto, escritos antigos, como a Bíblia Cristã e livros de outras religiões, mencionam a visita de seres extra terrestres em veículos voadores. O Livro dos Reis traz uma passagem de Elias e Eliseu a caminho de Jericó: "Ora, enquanto seguiam pela estrada conversando, de repente apareceu um carro de fogo com cavalos também de fogo, separando-os um do outro e Elias subiu para o céu no turbilhão" (2:11-12). Em Ezequiel, uma descrição mais objetiva revela a materialidade da máquina: "E eu vi que um vento impetuoso vinha do norte, uma nuvem envolta em claridade e relâmpagos, no meio da qual brilhava algo como se fosse ouro incandescente. No centro aparecia a figura de quatro seres vivos 1:4-5)"... "Olhei para os seres vivos e vi que havia uma roda por terra, junto a cada um dos quatro seres vivos(1:15). As rodas tinha aros e eu vi que cada um dos quatro aros estava cheio de rebites ao redor (1:18)".

Índio aproveitou o tempo e discorreu sobre o assunto.

— Há uma infinidade de citações, fotos, testemunhas oculares dignas de crédito, mas não há notícia de uma prova concreta, palpável. Se existe por que não revelá-la? Será o receio de uma comoção popular? Será o medo de não poder sustentar uma relação entre dois mundos desiguais? Será a vergonha da nossa inferioridade ante a superioridade do desconhecido? Pode acreditar Mozart, um dia, não muito distante, as provas serão reveladas.

Acredita-se que os alienígenas são portadores de infinitos conhecimentos, haja visto atravessarem o espaço sideral com suas naves, mais rápidas que a velocidade da luz. Se revelada a prova concreta dos discos voadores, neste momento, que benefícios traria à humanidade terrestre?

No setor militar, os conhecimentos tecnológicos poderiam sustentar uma disputa acirrada pelo controle unilateral do sistema, o que causaria guerras devastadoras.

No setor econômico, além da manufatura de instrumentos e bens de uso social e doméstico de última geração, seriam abertas licitações para fabricação de novos tipos de armas letais que, obviamente, reverteria ao arsenal militar.

No setor social os conhecimentos seriam transmitidos somente àqueles portadores de QI elevados, os quais seriam controlados pelas autoridades governamentais para formar cientistas técnicos em armamentos.

Há quem acredita que revelada sua existência, os alienígenas viriam para nos ensinar vida nova de paz e harmonia. Entretanto, a dúvida permanece entre guerra e paz.

As aparições dos discos voadores aumentaram consideravelmente após a Primeira Guerra Mundial. Durante a Segunda Guerra apareceram em grande quantidade, em lugares diferentes conforme relatos coletados. Houve muita especulação a respeito: que eram de Marte, que eram fabricadas pelos americanos, que eram fruto da imaginação. Algumas pessoas disseram que tiveram contatos diretos com os tripulantes etc. etc. Devido essas especulações, o governo americano formou uma comissão de cientistas para exame dos casos que surgirem, outra comissão para tentar contato com seres de outro planeta e outra, especificamente, para guardar, a sete chaves, o que fosse apurado.

Houve notícias de queda de discos voadores em solo americano e que seus restos foram transportados para instalações militares, com proibição do acesso à imprensa. Houve determinação expressa de que quaisquer descobertas com relação aos OVNIS não fossem reveladas ao público, por uma questão de "segurança nacional."

Mozart comentou com Índio que já conhecia o texto, mas que veio em boa hora para avivar sua mente sobre fatos que sempre teve dificuldade em acreditar.

FOTOS REVELADAS

Tiradas as fotos, Mozart ainda não se conformava de que havia visto e fotografado um disco voador. Ainda teimava em não acreditar. Trouxe ao hotel todo material de revelação, mas ficou em duvida se devia revelar ou mandar o cartucho para o Centro, preocupado no caso da revelação sair com algum defeito. Precisava ter certeza da melhor atitude a ser tomada. Explicou seu dilema a Índio. Índio deu um suspiro e disse:

— Mozart, revele as fotos.

Mozart aceitou a sugestão. Montou a cabine escura. A expectativa foi grande durante a revelação. Mesmo ansioso pelos resultados, fez os procedimentos passo a passo com o maior cuidado. No final, foi premiado com as imagens perfeitas captadas pela sua máquina. Achou os negativos do segundo rolo bem nítidos, bem focalizados, fotografando, também, o fundo da caverna e a parede frontal com bastante nitidez. Revelou as fotos e separou as treze melhores para enviar ao Centro.

Índio admirou-se pela nitidez das fotos e fez uma outra sugestão:

— Por que não tira uma cópia pra você?

— Interessante a ideia, mas por que mais uma cópia? Algum motivo especial?

— Nunca se sabe.

— Vou enviá-las amanhã mesmo.

— Posso intrometer-me de novo?

— Claro.

— Espere até o fim da semana e envie na segunda-feira. Talvez você tenha que levá-las pessoalmente, talvez você receba algum telegrama do Centro e tenha que mudar seus planos.

Uma vez mais Mozart aceitou a sugestão, mas pensou: "Será que ele está escondendo alguma coisa que eu deveria saber?" Preferiu não questionar. Seu pensamento estava focado em Irene e resolveu aguardar o fim da semana.

Ao constatar, com seus olhos, a existência do disco voador, das fotos como prova, Mozart deveria estar orgulhoso, contente, vislumbrando recompensas pela descoberta inédita, a maior descoberta de todos os tempos. Ninguém, até hoje, conseguiu tal feito. No entanto, manteve-se tranquilo como se tudo fosse normal, inerente ao seu tipo de serviço.

Por insistência do Índio, continuaram nas memórias.

APARIÇÃO DO "ESCOLHIDO"

Em mil novecentos e quarenta e seis, conforme já comentei, estava de férias em Fortaleza, e Joachim comentou:

— Nosso encontro não foi fruto do acaso. De certa forma, você é um "escolhido".

Pensei: "escolhido", eu? Não entendi o que ele quis dizer e aguardei explicação.

— Faço parte de uma equipe de pesquisadores montada na Alemanha com ramificações em vários países, pesquisadores interessados em descobrir a origem dos "discos voadores". Os pesquisadores da equipe, chamados de "escolhidos", receberam a incumbência de repassar os conhecimentos adquiridos a outras pessoas. Você é um deles.

A conversa não me agradou. Achei esquisita a conversa de Joachim querendo impressionar um pobre funcionário público com histórias da carochinha.

— Acho que você não acreditou no que eu disse, mas não importa, depois você me dará razão. Ouça o que vou lhe contar: meu pai era tenente das Forças Armadas da Alemanha e comandava um pelotão de frente contra os franceses. De vez em quando havia interrupção das artilharias.

Meu pai contou-me que, numa dessas interrupções noturnas, saiu da trincheira e caminhou a esmo, olhando as estrelas. Noite calma, uma suave aragem cortava o ar, a lua cheia, redonda, o céu limpo convidava relaxar e esquecer as agruras da guerra. Sentou-se num tronco de árvore arrancado do solo por alguma bomba. Acendeu um cigarro. A fumaça dançava mansamente ao seu redor. Perdeu a noção de tempo cismando, recordando os momentos de paz na sua cidade em companhia dos pais e amigos. De repente, um estalo de galho pisado assustou-o, levantou de um salto com o revolver empunhado e percebeu uma sombra vindo em sua direção.

— Alto lá — gritou. Identifique-se ou atiro.

Não obteve resposta. Apontou sua arma e já ia disparar quando ouviu:

— "Emihl, na sua folga vá até o lado oeste da sua cidade. Lá tem uma fazenda de gado leiteiro. Procure o fazendeiro e diga que você foi "escolhido". Desapareceu. Meu pai pensou ter tido uma miragem causada pelo estresse da guerra, pelas noites maldormidas, da fome que provocava seu estômago. Com essa sensação estranha voltou à trincheira.

Os combates se intensificaram com a entrada dos Estados Unidos na Guerra e meu pai percebeu que seu país não teria chance de vitória. Dois meses depois foi convocado a Berlim para relatar o andamento da guerra. Conseguiu três dias de folga e aproveitou para visitar seus pais, meus avós, na sua cidade natal.

Disse-me ele que já havia esquecido o incidente daquela noite e curtiu bastante a casa, seus pais, seus parentes que o receberam com festas. Apesar da miséria em que se encontrava a região, sem alimentos para a população, ainda havia comida suficiente na casa. Meu avô era membro do Comitê de Guerra do município e o governo mandava caixas de alimento e roupas para os participantes do Comitê.

No dia seguinte, meu pai levantou-se bem cedo e foi convidado por meu avô para buscar leite numa fazenda na periferia da cidade. Foi nesse momento que meu pai lembrou-se da noite em que alguma coisa lhe falou em procurar o fazendeiro. Sentiu um arrepio no corpo. Lembrou-se da aparição no campo de batalha e ficou curioso em descobrir o que o estaria aguardando naquela fazenda. Como militar, seu sexto sentido aguçou e ficou alerta para o que desse e viesse. Vestiu o fardamento e levou sua arma carregada.

Chegando às oito horas na porteira da fazenda, uma grande fila aguardava a carreta com leite. Chegou a vez do meu avô. Meio sem jeito, meu pai perguntou ao distribuidor se ele era o fazendeiro. A resposta foi afirmativa. Com certo acanhamento, chegou mais perto, com uma voz fraca e baixa e falou:

— Sou escolhido.

O fazendeiro olhou meu pai sem parar de servir o leite e disse, também, em voz baixa:

— Volte hoje à tarde... e sozinho.

Depois do almoço meu pai voltou à fazenda, a cavalo. O fazendeiro, sentado na varanda da casa, fumando um cachimbo, levantou-se para recebê-lo. Convidou-o a sentar. Sua esposa chegou com uma bandeja com bolachas e café. Meu pai não estranhou, porque o povo da sua cidade sempre foi hospitaleiro. Agradeceu as bolachas, sorveu uma caneca de café quentinho que lhe deu ânimo e coragem para iniciar conversa.

— Obrigado por receber um simples soldado de folga da batalha, quando ele deveria estar lutando no front. Meu nome é Emihl, senhor....

— Eu sei o seu nome. Todos conhecem Emihl, filho de Natahan o carvoeiro.... Johanne, Hans Johanne, sem o senhor, por favor. Conte-me como você foi "escolhido".

Meu pai relatou em poucas palavras.

Johanne fitou-o quieto por algum tempo, soltando umas baforadas do cachimbo e por fim disse:

— Vou mostrar-lhe algo que poderá surpreendê-lo, mas como você é um "escolhido", vai entender o que ver. Meu pai estava curioso, mas preocupado, manteve-se alerta. Andaram até o fim da cidade e entraram num prédio bem conservado de dois andares...

Joachim interrompeu a narrativa para atender um telefonema e se ausentou o restante do dia.

No dia seguinte levantei ansioso para encontrá-lo, mas ele não apareceu para o café. A recepção informou que ele viajou e deixou um recado pra mim.

"Marco, desculpe, precisei viajar. Procure o senhor Baltazar, dono do Hotel Central da sua cidade. Ele tem as respostas para suas perguntas. Abraço, Joachim".

— Carteiro! Telegrama para o senhor Mozart.

Mozart pegou o telegrama com expectativa, preocupado com o conteúdo do telegrama. Abriu e não gostou do texto: EDVARD CHEGA SÁBADO PT RECEBA-O PT.

Gesticulou irritado.

— Estragou meu fim de semana. Justamente sábado.

Mostrou o telegrama para Índio.

— Quem é esse Edvard?

— Um sujeito petulante, ambicioso, cheio de manhas, um verdadeiro crápula — respondeu com raiva.

— Pelo visto você não gosta dele, não se dá bem com ele não é?

— Ninguém gosta desse camarada. Ele é oportunista. Não perde a chance de se aproveitar dos colegas em benefício próprio. Infelizmente mantém amizade com um dos chefes de departamento do Centro....

— Você está nervoso. O jeito é aguardar e ver o que acontece. De qualquer forma, pouco tempo você vai estar com Irene. Ela trabalha o final de semana.

Não conformado, só de pensar na presença de Edvard, seu dia foi estragado.

— Melhor interrompermos agora — disse Índio. Amanhã continuaremos.

Lá foram para o Bar do Zeca. Esqueceram das horas. Já passava das onze da noite e Mozart resolveu voltar ao hotel.

Levantou de manhã com uma baita dor de cabeça e um pressentimento ruim. Lá foi ele para a cozinha pedir um chá de boldo. Sua cabeça girava e seus pensamentos se misturavam entre Irene, Índio e Edvard. Depois do café leu o jornal da cidade que trazia mais propagandas do que notícias. Resolveu andar um pouco e esquecer suas preocupações.

ENCONTRO INESPERADO

Deu de frente com as duas filhas do prefeito, Rute, Rachel, e sua mãe Mariane, muito bem trajadas como se estivessem indo a uma festa.

— Bom dia, Mozart — cumprimentou Rute toda sorridente. Rachel e Mariane acompanharam Rute nos sorrisos. Que surpresa agradável encontrá-lo nesta linda manhã.

— Bom dia a todas. A surpresa agradável é minha em encontrar três belas e gentis mulheres. Sinto-me surpreso, mas contente em encontrá-las. E o senhor Anderson, como está?

— Papai viajou à capital para uma reunião do partido. Só volta na segunda-feira — respondeu Rachel, sorrindo, mostrando seus dentes brancos e brilhantes.

— Gostaríamos da sua companhia, se você não tiver algum compromisso. Três mulheres nas ruas da cidade acompanhadas de um cavalheiro sentem-se protegidas. Nós vamos à loja de antiguidades procurar algum objeto de arte para nossa sala.

— Sinto-me lisonjeado. Não tenho compromisso esta manhã.

Sem cerimônia e sorrindo, Rute e Rachel, uma de cada lado, enlaçaram seus braços em Mozart.

Mozart sentiu-se embaraçado, mas diante da iniciativa das garotas, sentiu-se à vontade, ouvindo a conversa entre as três sobre assuntos variados. Esqueceu do Edvard, do Índio e também de Irene. Sua dor de cabeça passou graças ao "santo boldo".

Na loja de antiguidades sentiu-se à vontade diante de uma gama de objetos antigos, alguns já conhecidos por ele nas viagens que fez a outros países. Alguns objetos da cultura antiga brasileira estavam dispostos num balcão. Comentou sobre alguns dos objetos, com tal conhecimento de causa, que as três pararam para ouvi-lo, atentas como se estivessem assistindo a uma aula de arte.

— Parabéns — comentou Mariane. Se soubesse que você era professor na matéria o teria convidado para umas aulas particulares, não é meninas?

Rute e Rachel, sorrindo, concordaram. A quantidade de objetos os entreteve até o meio-dia. As compras foram feitas e enviadas à casa do prefeito. Na saída da loja atreveu-se a fazer um convite.

— Gostaria de convidá-las para almoçar, aceitam?

As três aceitaram de imediato, como se já esperassem o convite.

— Não conheço os restaurantes da cidade. Se me permitirem gostaria de sugestão.

— La Távola — responderam as três ao mesmo tempo. Se você gostar de uma boa massa, é claro.

— Adoro massas.

La Távola, restaurante especializado na comida italiana, era uma construção térrea, moderna, muito chique, de forma arredondada, com pérgulas à volta, todas cobertas de plantas trepadeiras, formando uma cobertura verde que refrescava o ambiente. No centro, um aquário com peixinhos dourados deslizando na água. Em vez de cadeiras, as mesas eram volteadas com sofás de assento em couro, muito confortáveis. Algumas gaiolas guardavam canários da terra cantando sem parar. A iluminação interna era feita com lustres de teto, importados da Itália, segundo informou Mariane.

Mozart ficou impressionado com o luxo do restaurante na pequena Terra Verde. Achou que a população, de maioria classe média, não daria suporte de sobrevivência ao estabelecimento. Comentando com Índio, a explicação foi esclarecedora. O restaurante foi construído pelo prefeito, que é abastado político e fazendeiro na região. O hotel é subvencionado pela prefeitura com verbas do Departamento de Turismo e membros do partido são convidados para visitar a fazenda e se reunirem no restaurante. Foram bem atendidos pelo "Chef", desmanchando-se em gentilezas, paramentado à italiana com o inconfundível "Toque Blanc". Sugeriu a especialidade da casa: capeleti al pesto, aceita por todos, acompanhada com um bom vinho que só poderia ser italiano. A entrada, com sardella e torradas, apressou a abertura da garrafa de vinho. Uma generosa mesa de frios, a escolher, convidava para o tira-gosto.

O almoço transcorreu na normalidade até a primeira taça de Chianti. Da segunda em diante a animação tomou conta das três. Mozart ouvia atentamente as viagens feitas por elas a Paris e outras partes do mundo e acabou se enturmando, participando da conversa e das risadas alegres de Rute, Rachel e Mariane. Durante todo tempo o olhar de Mariane cruzava com o de Mozart. Não durou muito, Rute e Rachel, também, fixaram seus olhares nele. Mozart pagou a conta e deu generosa gorjeta que rendeu muitos "gracie", "gracie".

— Mozart, temos uma pequena reunião de amigas em casa esta noite e gostaríamos que você fosse, não é mamãe?

— Sim, é verdade. Nada solene, só umas amigas que frequentam nossa casa. Seria ótimo sua presença. Elas gostariam de ouvi-lo contar suas viagens e o seu trabalho. Concorda?

Mozart sentiu-se impelido a aceitar o convite, animado que estava com a companhia das três mulheres. Mas de repente, num rasgo de memória, lembrou-se do Índio dizendo: "são pescadoras e você é o peixe".

— Sinto muitíssimo, recebi um telegrama do meu departamento. Estão mandando uma pessoa para levar meus relatórios que ainda não terminei. Preciso terminá-los hoje.

Sinto muito, mas não vai faltar oportunidade. Vou ficar mais alguns dias nesta cidade.

— Que pena. Contávamos tanto com você.

— Prometo que irei na próxima reunião.

Assim a sexta-feira se foi. No hotel tomou um banho, descansou por algumas horas, revisando o encontro, a loja de relíquias, o almoço e se lembrou de Irene, desejando encontrá-la no dia seguinte. Acabou ferrando no sono.

A CHEGADA DE EDVARD

Levantou cedo, esperando encontrar Irene na sala do café. Foi atendido por outra garota. Não quis perguntar por Irene, resolveu esperar.

Leu, releu os jornais e folheou várias revistas. A cada barulho de alguém entrando, seu coração disparava. Dez horas e nada de Irene. Foi até a cozinha e perguntou pela irmã do Índio. Informaram que ela não veio trabalhar. Desanimado, saiu do hotel e foi parar no Bar do Zeca. Fez um lanche rápido e andou pela cidade preocupado com as ausências de Índio, Juracy e Irene. Voltou ao hotel e ficou entregue aos seus pensamentos imaginando mil coisas. Batidas na porta e uma voz ecoou:

— Senhor Mozart, alguém o espera no salão.

Seu coração quase saltou pela boca. Desceu rapidamente e... decepção! Deu de cara com Edvard. Havia esquecido que ele viria.

— Como vai Mozart neste fundão de mundo?

Um aperto de mão e um abraço, sem qualquer sentimento de amizade de ambas as partes.

— Não o esperava tão cedo.

— Você recebeu o telegrama do chefe. Devia esperarme. Eu cumpro as ordens religiosamente.

Sempre petulante. Até o timbre de voz de Edvard perturba. Mozart procurou não se irritar, o que seria quase impossível.

— Vamos ao que interessa, colega. Vim para confirmar suas descobertas, levar notícias e provas, imediatamente, para o Centro.

— Calma, Edvard. Sossegue um pouco. Relaxe. Quantos quilômetros você rodou?

— Nenhum. Não vim dirigindo. Eu estava na capital e meu padrinho cedeu seu carro e motorista com a recomendação de voltar o mais rápido possível.

O padrinho de Edvard era chefe do Departamento de Correspondência. Mozart levou Edvard ao seu quarto.

— Que pobreza! Como você pode dormir numa espelunca destas? Que horror!

Edvard sempre se hospedou em hotéis cinco estrelas, de categoria internacional. Mozart não deu atenção à observação e mostrou as fotos. Eram treze as classificadas.

— Hum! Nada acrescenta, a não ser que você tenha provas mais contundentes que possam fazer-me acreditar.

Mozart estava começando a se irritar, mas respirou fundo e relaxou.

— Minha obrigação não é convencê-lo e sim ao Centro. Você sempre foi cético, mesmo vendo com os seus olhos, não é Edvard?

— Contesto tudo até prova final. Se você as tiver...

— Pois bem. Vou lhe apresentar uma pessoa que o fará acreditar.

— Por estas fotos eu duvido. Não são melhores que as milhares que o Centro recebe diariamente.

Mozart esqueceu de alertar Índio de que teriam de enfrentar a fera juntos. Foram até a casa de Índio. Bateu várias vezes e ninguém atendeu. Foi até a casa vizinha e nada foi informado. Deixou recado para que Índio o procurasse, assim que aparecesse.

Edvard começou a reclamar do calor. Sugeriu que Mozart estivesse embromando e tomando seu precioso tempo com evasivas e desculpas. Isso o deixou nervoso a tal ponto que acabou alterando a voz:

— Edvard, estou de saco cheio com suas indelicadezas. Se você veio para me perturbar, conseguiu, tá! Se você quiser aguardar um pouco, localizo a pessoa, senão, leve as fotos e boa viagem.

Edvard não esperava tal reação. Ele sempre se considerou acima de tudo e de todos. Dificilmente alguém o enfrentava. E Mozart o enfrentou.

Voltaram ao hotel. Mozart não sabia onde localizar Índio. Não estava em sua casa, Juracy não foi trabalhar, Baltazar viajara, Irene não veio. Pensou em convidar Edvard até o Bar do Zeca, mas desistiu.

No salão do hotel ficaram os dois calados. Mozart de cara fechada, Edvard revirando as fotos com uma lupa e fazendo algumas anotações num caderno. Cinco horas da tarde e ambos estavam impacientes.

— Pelo menos você sabe onde tirou estas fotos, não?

— "Pelo menos" eu sei.

— Então por que não vamos até lá? Ou precisa do seu amigo para abrir a porteira?

— Pois bem, vamos.

Alguns minutos de carro e estavam na entrada da mata, rente à colina, em frente à trilha. Entraram. Edvard vinha atrás bufando, reclamando dos galhos que tinha de afastar, dos mosquitos, do calor insuportável, enxugando o suor e resmungando.

Entraram quilômetro e meio. Mozart Estranhou a vegetação junto à parede da colina. Mesmo assim avançou uns metros pela ramagem e tateou. Nada. Andaram mais alguns metros e nada de entrada. Tentou mais alguns metros à frente e nada aconteceu. Ficou nervoso, transpirou às bicas. Desistiu e invocou toda calma e paciência do mundo para aguentar o que iria ouvir de Edvard.

— Não consigo localizar. Estivemos aqui já escurecendo. Não consigo mesmo. Preciso da ajuda do Índio.

Edvard nada disse. Percebia-se um sorriso irônico em seus lábios. Voltaram ao hotel. Mozart esperava uma tempestade com raios e trovões, mas Edvard não disse uma palavra. "É um mau presságio", pensou Mozart. Resolveu quebrar o gelo.

— Acredito que Índio estará aqui amanhã logo cedo.

— Negativo, meu caro. Não fico nem um minuto mais neste buraco e nem pretendo dormir nesta pocilga. Vou embora agora mesmo.

— Tudo bem. Leve as fotos, o relatório mando depois.

— E os negativos levo também.

— Os negativos não. Ficam comigo e seguem com o relatório. Vou fazer um recibo de entrega.

— Não precisa nada disso. Você não confia em mim?

— Nããão!

Edvard levou um choque com a resposta ríspida e não reagiu. Assinou o recibo e se despediu com um "até breve".

Mozart ficou aliviado com a despedida, preocupado com Irene, com raiva do Índio, do Edvard. Ruminou todos esses sentimentos ao mesmo tempo. Tomou um banho para tirar o suor do corpo e os maus fluídos expelidos por Edvard. Foi ao Bar do Zeca e se afogou na cerveja.

Dez horas da manhã. Levantou com cara de poucos amigos e foi apelar para "São Boldo", o chá milagroso.

O dia se arrastou, freado pelo desânimo e amargor. Nunca se sentiu tão mal em toda sua vida. Já não importava a ausência de Irene, o sumiço de Índio, as insolências de Edvard. Esqueceu de tudo e de todos. Sua vontade era fugir para bem longe e esquecer tudo o que aconteceu até aquele momento.

ÍNDIO REAPARECE

Segunda-feira, nove horas. Acordou com batidas na porta. Sonolento, demorou-se a levantar e as pancadas continuaram. Bocejando, abriu a porta. Era Índio.

— Onde raios você se meteu, homem! Você me deixou na mão e me meti na maior encrenca da minha vida. Tudo foi por água abaixo, estou me sentindo como um idiota nessa história toda...

— Calma, calma. Acorde primeiro e depois me conte o que houve.

— Me diga por que fugiu, justamente na hora que mais precisei de ajuda.

— Ouça aqui Mozart. Ninguém fugiu. Fui procurado em casa pelo irmão de Irene porque seu pai sofreu um ataque cardíaco e precisava levá-lo ao hospital da cidade mais próxima. Eles estavam sem carro. Ontem à noite ele recebeu alta e voltei hoje de manhã.

— Irene veio com você?

— Não. Ela vai ficar mais alguns dias. Logo estará de volta. Agora me conte essa tragédia grega.

Mais calmo relatou, pormenorizadamente, os acontecimentos com a chegada de Edvard.

— Você pegou a trilha paralela e foi além da entrada da gruta. Mesmo que você estivesse no caminho certo e tivesse localizado não conseguiria entrar.

— Como assim?

— Você estava acompanhado de pessoa não autorizada, lembre-se disso. A porta não se abriria.

Mozart lembrou-se de não ter visto os negativos quando entregou as fotos para Edvard. Correu à gaveta, revirou todas as demais, verificou atrás da escrivaninha, no chão e nada. Índio permaneceu calado, observando as reações de Mozart.

— O filho da mãe deve ter levado os negativos com ele.

— São estes aqui? — perguntou Índio com os rolos na mão.

— Mas como?

— Quando você me mostrou as fotos, inadvertidamente coloquei os rolos no bolso e lá ficaram até agora.

— Depois dos acontecimentos de sábado vou ter que mudar de profissão, procurar outro emprego, graças à armadilha que me foi preparada...

— Se isso acontecer, você vai dizer: "culpa do Índio". Sinto pelo que você passou, mas não aconteceu nada, ainda. Edvard fez o que devia ser feito. Esqueça Edvard. Aguarde os acontecimentos e curta a sua estada nesta cidade com os amigos que você fez e aproveite namorar um pouco.

De repente, batidas insistentes na porta.

— Senhor Mozart, senhor Mozart. Ligação telefônica para o senhor. Depressa, é interurbano. A linha pode cair.

— Ligação? Interurbano? Não sabia que tinha telefone no hotel.

— Na sala do Baltazar. Levo você lá.

A adrenalina de Mozart subiu e seus pensamentos o perturbavam: "Edvard me denunciou ao Centro, o Conselho vai me mandar embora, vou ser demitido por telefone!"

— Alô... alô... alô. — Fale mais alto, a ligação está ruim.

— Mozart, sou eu, Irene.

Abateu uma tontura em Mozart, seu corpo relaxou e quase desmaiou. Fez um esforço enorme para não cair. Ficou mudo.

— Mozart, está me ouvindo? Sou eu.

— Sim, sim, estou ouvindo.

— Onde você está? Quando vai voltar? Estou com saudades de você...

— Mozart, Mozart, escute. Eu estou bem. Estou com muitas saudades de você.

Índio e Baltazar saíram da sala e ele se sentiu mais à vontade. Queria falar tudo que sentia por ela. Falou tanta coisa, misturou assuntos da semana, comentou sobre Edvard, perguntou sobre a doença dos pais de Irene e por fim...

— Um beijo para você, querida.

Índio e Baltazar entraram. Baltazar, sorrindo, falou:

— "Beijo querida". Aí garoto, gostei.

Mozart enrubesceu.

— Não se preocupe Mozart. Eu e Índio já passamos por isso, não é Índio? Achamos muito bom o namoro de vocês. Irene é uma joia de garota. É responsável. Cuidou do pai no hospital e da mãe que têm muitas restrições devido à fraca saúde. Ela vai voltar, Mozart, sossegue.

Sossegar? Mozart não se continha de alegria, calmo por não ter sido uma ligação do Centro e não cabia em si de felicidade por falar com Irene. Índio interveio:

— Só tem um remédio para esse seu entusiasmo: o Bar do Zeca.

E lá foram os dois. Ficaram um tempo calados: Mozart perdido nos meus pensamentos e Índio respeitando o seu silêncio. Mozart lembrou-se do ponto em que parou a narrativa do Índio. Mostrou-se interessado e curioso no andamento da história.

— Índio, e a continuação das suas memórias? Parou num ponto que me deixou curioso. Gostaria que você continuasse.

— Minha narrativa termina justamente aí. O que aconteceu depois você saberá pessoalmente a partir de amanhã. Será uma continuação da história, mas de forma diferente e você será o personagem principal.

— Não entendi. Aguardo uma explicação melhor.

— Você esteve muito nervoso esses dias. As coisas caminham para a normalidade. Basta não perder a cabeça e procurar acalmar-se. "If you can keep your head when all about you are losing theirs... quer a tradução?

— Não, obrigado. Kipling.

"Meu Deus!", pensou Mozart, "Índio falando inglês! Ainda não conheço esse homem".

— Na verdade, minhas memórias serviram apenas para segurá-lo mais tempo em Terra Verde. Por hoje basta.

A explicação que Mozart esperava não veio.

Mozart passou a noite em claro com pensamentos girando em sua mente. A imagem de Irene, as palavras de Índio deixaram-no ansioso e preocupado.

Índio acordou cedo e foi ao hotel. Ele e Mozart tomaram café e saíram de Jeep. Baltazar os acompanhou. Contornaram uma fazenda e chegaram num distrito de nome Samambaia, administrado pela prefeitura de Terra Verde. Entraram num prédio bem conservado de três andares.

LABORATÓRIO DE MAYDEN

Foram recebidos por um senhor bem-vestido, terno e gravata, sorridente, gentil. A sala tomava quase toda a área do andar térreo, bem iluminada por quatro lustres, as paredes com cores claras de um verde suave, móveis modernos, poltronas aconchegantes, vasos com flores recendiam agradável perfume.

Cristian, o atendente, ocupava uma escrivaninha de mogno, vermelho-escuro, telefone à mesa, ambiente semelhante a um requintado escritório de advocacia. Na parede, atrás da escrivaninha, um enorme mapa todo pontilhado com pequenas luzes que se moviam sem parar. Uma música suave deliciava os ouvidos

— Fiquem à vontade. Serão atendidos logo.

Mozart estava impressionado com o ambiente e um pouco tenso aguardando com expectativa algum acontecimento.

Uma loura linda, dentro de um vestido longo com um florido suave, entrou e cumprimentou a todos.

— Índio, Baltazar, que bom vê-los. Bom ver você também Mozart. Mais de ano que vocês não aparecem. Estiveram viajando?

— Não, não viajamos. Mozart, apresento-lhe Ingrid, a secretária mais linda do mundo.

— Bondade sua. E você, Mozart, impressionado com o que está vendo?

Sua voz parecia música. Suas palavras saíam num tom suave.

— Sim, um pouco.

— Não se preocupe. Tudo o que você ver e ouvir aqui vai lhe parecer a coisa mais normal do mundo. Afinal você é um "escolhido".

— "Escolhido" para quê? Sou apenas um pesquisador, meus conhecimentos são limitados e, ainda não entendi essa história.

— Você vai entender. Você está aqui para ter respostas e entender. Outra hora conversaremos. O doutor já vem.

— Doutor?

— Doutor é um apelido que Ingrid colocou no senhor Mayden — cochichou Índio.

Minutos depois entrou um jovem aparentando não mais que vinte anos. Cumprimentou Índio, Jarbas, Mozart e se sentou à mesa. Ele e Índio conversaram sobre o tempo, a saúde de Índio, sobre seus parentes, suas viagens, sua aposentadoria...

Em seguida dirigiu-se a Mozart.

— Miguel Mozart da Silva, amigo do Índio, escolhido para...

— Desculpe, doutor...

— Mayden, meu nome é Mayden. Não sou doutor. Continue.

— Ouvi várias vezes que sou "escolhido" e estou demais impressionado e curioso.

— Você vai entender tudo a partir de agora. Como você parece preocupado, vamos começar já. Índio, alguma objeção?

— Não, vamos em frente.

— O que Índio lhe mostrou até agora é real. Agora você vai saber quem somos e para que viemos à Terra.

"Para que viemos à Terra?", pensou Mozart assustado.

— Este prédio mantém uma instalação, cuja finalidade é a continuação de um projeto antigo estabelecido pelas autoridades superiores do meu planeta Ekron

"Ekron? Planeta, Autoridades Superiores?". Um arrepio passou pelo corpo de Mozart ao ouvir Mayden falar em "projeto", "meu planeta Ekron", e pensou: "Projeto alienígena para conquistar a terra?".

— Índio mostrou-lhe o disco, mas não lhe contou sobre nós, Ekronianos. Você precisa saber sobre o nosso planeta e nossa civilização. Qualquer dúvida, por favor, interrompa e pergunte.

"Milhares de seres que habitam o planeta Terra, inclusive eu, são do planeta Ekron, situado na galáxia Traslidi, há milhões de anos-luz da Terra e treze vezes maior que o seu planeta. O progresso e conhecimento tecnológico Ekronianos são os mais completos e perfeitos. Temos o controle sobre tudo que ocorre na natureza. Controlamos a atmosfera, gravidade, chuva, terremotos, furacões, plantas, animais, doenças, distâncias siderais, gravidade... Não controlamos as pessoas.

"Nosso planeta é parecido com a Terra e situa-se no centro da galáxia Traslidi. A atmosfera é igual a da terra, e foi escolhido para estudar, monitorar, ajudar alguns planetas novos e menores que se encontram em formação ou necessitam de algum apoio, material e espiritual.

"A formação do planeta Ekron iniciou-se há oitenta bilhões de anos, portanto é muito mais velho do que a Terra. Temos a mesma aparência que vocês, nosso corpo é de matéria menos densa, e nossos órgãos têm funções vitais necessárias semelhantes aos habitantes da Terra. A alimentação é igual com a diferença de que não existe alimento, seja animal ou vegetal, com anabolizantes, agrotóxicos e outros produtos químicos. Não existe alimento com mais proteínas, menos proteínas, mais açúcar, menos açúcar. Todos os alimentos estão equilibrados para o organismo Ekroniano.

"Não há poluição e as águas não têm tratamento químico. As estações do ano são perfeitamente equilibradas. Não afirmo que Ekron seja um paraíso. Temos a vida e a morte, alguns desequilíbrios relacionados à saúde, mas contornadas pela ciência médica. A duração de vida de um Ekroniano é bem maior que a de vocês. Ao atingir a idade adulta, a fisionomia se altera e permanece até o final de seus dias. Portanto não envelhecem na aparência. As células vão se desgastando com o tempo, mas a aparência externa permanece até a morte.

"Não praticamos ingerência nos atos dos habitantes. Respeitamos o livre-arbítrio de cada um. Todos são responsáveis por si e pelos outros. Aconselham, esclarecem dúvidas, ajudam de forma a não intervir na decisão pessoal de quem quer que seja. Nosso Deus é o Deus de vocês, o mesmo Criador. Somos "feitos à imagem e semelhança Dele".

"Ekron é um dos planetas chamado "planeta de recuperação". Os Ekronianos que lá vivem, já viveram em outros planetas, inclusive na Terra, que é considerada um dos planetas de "provas e expiações". Nós descemos à Terra desde o início da sua civilização, a era Adâmica. Informes antigos e modernos que, até hoje, não são levados a crédito pela maioria dos habitantes da Terra, comentam a nossa chegada.

"A maioria não acredita na existência de vida em outros planetas e se acham únicos no extenso Universo. Ledo engano. O Universo é infinito e planetas habitados são incontáveis. Nos primórdios da humanidade terrestre mantivemos contatos diretos com a Terra e seus habitantes, com o objetivo de ajudar na sua formação e desenvolvimento. No momento não há condição propícia para nossa aparição. Nossa revelação perturbaria a maioria das religiões e do povo. Os governantes e cientistas, na sua maioria, não aceitariam a ingerência de alienígenas e se sentiriam diminuídos. O planeta Terra não está, ainda, em condições de aceitar nossa existência e tecnologia. Outro motivo que nos impede é a imaturidade do povo e dos governantes. Certamente utilizariam nossa tecnologia para fins bélicos, comerciais e pessoais.

"Um dia, não muito distante, colocaremos nossos conhecimentos à disposição dos habitantes da Terra. É aí que entra o trabalho de vocês, "escolhidos" e "voluntários". Você, Mozart, tem muitas dúvidas a nosso respeito devido a falta de provas, então vamos dar-lhe essas provas.

Ingrid reapareceu com uma badeja com água, café, chá e biscoitos. Logo depois, Mozart, índio e Baltazar foram convidados a se dirigirem para outra sala.

— Estamos descendo — falou Mayden.

Mozart sentiu um leve movimento como de um elevador em descida lenta. Índio explicou que abaixo do prédio ele iria se surpreender com as instalações a dezenas de metros do solo. De fato, o que Mozart viu deixou-o abismado. Um enorme espaço como dois campos de futebol com dezenas de máquinas e pessoas trabalhando, tudo em completo silêncio.

"Temos milhares de postos e laboratórios como este espalhados em todas as regiões da Terra: em desertos, colinas, montanhas, edifícios nos centros de cidades, inclusive nas regiões geladas, comandados por um responsável como eu e milhares de pessoas como você, escolhidas com o objetivo de se familiarizarem com a nossa existência e guardá-la para ser revelada ao seu povo no tempo certo. Há milhares de Ekronianos, "voluntários", que deixaram Ekron para viver na Terra.

"Os "voluntários" Ekronianos tomam a forma humana por um processo de transformação e vivem normalmente como qualquer terrestre. Essa transformação é completa e rápida. Tomam para si a idade cronológica dos seres da Terra, vivem e morrem como vocês. Você os reconhecerá. Quando os "voluntários" saem de Ekron, deixam saudades em seus familiares, pois jamais retornarão. São considerados heróis por abraçarem uma causa nobre. Quanto à idade, "voluntários" e "escolhidos" podem ter sua idade estendida em vários anos, conforme a necessidade da sua atuação no projeto. Você os reconhecerá a qualquer momento e em qualquer lugar da Terra.

"Há muito tempo nossos conhecimentos vêm sendo transmitidos ao povo da Terra. "Escolhidos" e "voluntários" encontram-se em todos os locais e setores da atividade humana, desde o ambiente mais simples até os mais elevados órgãos. Estão dentro dos governos, Departamentos de Segurança, entidades filantrópicas, religiosas, grupos de proteção ao ambiente etc. Estão em todos os lugares que você possa imaginar. Fazem parte de todas as faixas, etária e social, desde o mais abastado até o mais simples. Essa transmissão tem sido lenta e gradativa. Dou-lhe alguns exemplos.

"Trabalhando em uma entidade, o "voluntário" ou o "escolhido" utiliza seus conhecimentos até o limite necessário. Sugere, coloca seu saber de forma reservada para o aprimoramento dessa entidade.

"Se atuam em um centro de pesquisas, apesar de já conhecerem os resultados e como chegar a eles, trabalham sugerindo as etapas, respeitando os limites de conhecimento do pesquisador. Há "escolhidos" e "voluntários" em países, como Rússia e Estados Unidos, ajudando a pesquisar sobre os discos voadores, como voam no espaço cósmico, como desenvolvem sua incrível velocidade, que tipo de combustível usam, enfim, ajudam na tentativa de descobrir tudo a respeito dessa máquina e tecnologia utilizada.

"Por determinação da Autoridade Maior os "escolhidos" e "voluntários" estão retardando a solução das pesquisas com o objetivo de analisar as intenções de utilização desse conhecimento, se para a paz ou para a guerra. Vai levar algum tempo, mas chegarão lá.

"Na medicina, na educação, nos esportes, enfim, em todos os setores agem da mesma forma. Se é um professor, transmite aos seus alunos as matérias constantes da programação escolar, acrescenta outros conhecimentos em pequenas doses, induzindo ao desenvolvimento individual e coletivo.

O mérito da conquista nunca é do "escolhido" ou do "voluntário". Essa forma de transmissão forma mentes seletivas com alto grau de conhecimento, verdadeiros artífices do progresso da nova geração que virá após a renovação do planeta.

— Renovação do planeta? A Terra vai ser destruída?

— A Terra não, Mozart. Vai haver uma renovação da população e alteração na geografia atual, mas não se preocupe, não vai ser logo, vai demorar alguns séculos. Infelizmente, a Terra vem se deteriorando dia a dia, em parte pela acomodação interna do planeta com a movimentação das placas tectônicas, pela utilização indevida dos recursos naturais, desmatamentos, extrações desnecessárias, consumo exagerado e desnecessário...

— Como vocês vencem a distância de Ekron até a Terra?

— Nossos cientistas construíram um neutralizador de inércia e um gerador de buraco no espaço/tempo que vocês chamam de "portal". Com isso, não nos submetemos às leis do tempo e espaço nem aos limites da velocidade da luz. Não depreciando os méritos do cientista Albert Einstein, nós causamos um furo na sua Teoria da Relatividade. É o que posso adiantar por ora. Você terá respostas à suas perguntas no devido tempo. Aguarde.

Nesse momento, alguém entrou na sala e conversou com Mayden numa linguagem estranha, provavelmente Ekroniana.

— Arcos informa que o disco está pronto. Mozart, que tal fazermos uma pequena viagem?

Mozart olhou preocupado para Índio.

— Mozart, eu vou com você.

— A viagem é rápida e não dói nada — disse Mayden.

Esse "sorriso" e "não dói nada" deixaram Mozart mais preocupado ainda, mas como Índio disse que o acompanhava, concordou.

— Antes, vamos continuar com mais algumas informações. Possuímos bases de apoio no espaço sideral, nesta galáxia e em todo o Universo. A Estação Kappa 315 é a mais próxima da Terra. Como vê, não há nada de místico, fantástico ou ficção como muitos supõe. Tudo é produto da nossa tecnologia, mas somos submetidos a Entidades Maiores que nos autorizam o uso da tecnologia só para fins pacíficos.

— Mayden, infelizmente uma dúvida me preocupa: vou ser detentor desses conhecimentos e, com eles, ajudar nosso povo. Será que meu orgulho e meu egoísmo não vão ultrapassar as barreiras do discernimento e me permitir fazer mau uso com finalidades escusas? Creio não ser imune às tentações e poderia prejudicar todo o sistema.

Índio interveio, novamente:

— Esse conflito pode ocorrer, mas não em você.

— Bem colocado Índio — comentou Mayden. Mozart, no momento certo você saberá como agir. Confiamos em você.

Mozart imaginou estar há horas e horas ouvindo Mayden. Continuou interessado devido à sua vivência com as pesquisas sobre discos voadores.

— Segundo a imprensa mundial houve discos voadores que caíram na Terra, e que militares americanos encontraram corpos de seres estranhos e pedaços do aparelho. Isso não levou o acesso à tecnologia Ekroniana e à vida em Ekron?

— Não, efetivamente. Digo efetivamente, porque as naves que caíram eram naves de teste, tripuladas por robôs com a mesma compleição física, consistência e tecido corporal dos Ekronianos, porém com suas faculdades mentais manipuladas por nós. Não têm vontade própria, possuem cérebro positrônico, que nada mais é que um emaranhado de fibras neurais que imitam o processamento do cérebro Ekroniano, porém controlados pela mente dos técnicos responsáveis. Não estão sujeitos a reações defeituosas ou imprevisíveis. As quedas se deram devido a pequenas falhas mecânicas, detectadas e imediatamente corrigidas nas demais naves. Esses robôs podem ser confundidos com os Ekronianos, mas são totalmente robóticos. As naves que caíram em Roswell, no México, e em San Augustin, em 1947, eram desse tipo. Estive no local para confirmar. Outras naves caíram pilotadas por robôs e foram por nós desintegradas, não deixando quaisquer vestígios.

Índio comentou:

— O disco que você fotografou vai passar por esse processo de desintegração e a caverna vai ser selada definitivamente.

— E a prova material das fotos que tirei desaparece, não?

— Você não vai precisar provar nada a quem quer que seja. Basta você provar a si mesmo. As fotos são autênticas é o que basta.

Mayden interveio e passou mais algumas informações.

— Ekron passou por várias fases de acomodação e transformação na sua estrutura e sociedade até atingir, atualmente, uma relativa estabilidade. Ekron está na décima terceira alteração e esperamos seja a última, dado o desenvolvimento atingido. A Terra sofreu quatro modificações de raças e várias alterações geológicas. Está na quinta modificação racial para efeito de depuração e melhoria: a Adâmica foi a primeira era racial e a sexta era já está a caminho. Será indispensável a ajuda dos "escolhidos" e "voluntários" para continuidade do progresso e desenvolvimento do planeta.

Mayden convidou Mozart, Índio e Baltazar para uma visita ao Laboratório. Mozart tirou seu Ômega de bolso para ver as horas. Estava parado às oito horas e quinze minutos da manhã. Lembrou-se de ter dado corda quando se levantou. Índio não trouxe relógio. Não perguntou as horas. Estava demais interessado na explanação de Mayden.

O espaço do Laboratório era enorme. Mozart sentia-se leve, quase levitando, mas com os pés no chão movimentando-se normalmente.

— A gravidade interna é controlada, por isso você não sente o peso total do seu corpo — disse Mayden. Praticamente estamos em outra dimensão.

Entraram numa sala com várias cabines.

— São nestas cabines que os "voluntários" modificam sua estrutura para o corpo humano. Leva poucos segundos e é totalmente indolor. O "voluntário" ou "voluntária" escolhe seu biotipo: aparência, idade, cor da pele, cor dos olhos, estatura etc. A transformação é permanente, não há retorno. Até hoje, nenhum "voluntário" se arrependeu da transformação. Todos se acham responsáveis na tarefa que abraçaram e sentem orgulho de serem "voluntários".

— Você é "voluntário" ou "escolhido"?

— Ambos: fui escolhido em Ekron e me alistei no voluntariado.

Chegaram a um painel enorme com inúmeros pontos luminosos, monitorado por uma jovem, aparentando seus vinte anos. Bateu saudades de Irene.

— Neste painel temos contato direto e imediato, sem interferências, com todos os Laboratórios da Terra, com as estações Kappa e com Ekron. Todos os laboratórios têm seções idênticas. Estamos sempre revezando as equipes e atendemos solicitações de ajuda quando necessária.

Entraram em outro espaço enorme. Era um hangar, com espaço para pouso e decolagem. Um disco estava estacionado, rodeado de funcionários uniformizados.

— Como entram e saem?

— O prédio está construído a quinhentos metros no lado leste da colina. A entrada frontal da colina se abre no momento da chegada ou saída e se fecha imediatamente por sistema de desintegração e reintegração molecular que exige não mais que alguns segundos.

— Não há perigo nessas entradas e saídas?

— Não, o mecanismo é perfeito. Você irá conhecê-lo.

— E se pessoas curiosas presenciarem essa operação? Vários habitantes da cidade, com certeza, já estiveram aqui a procura de provas.

— Na chegada é feita uma varredura pela nave. Qualquer presença de ser humano num raio de dez quilômetros aborta a entrada. Essa varredura é feita muito antes das entradas na atmosfera da Terra e bem antes das saídas.

— Eu poderia ficar meses de tocaia para surpreender a aterrissagem.

— Essa situação já ocorreu algumas vezes. Nesse caso são enviadas ondas sonoras imperceptíveis ao ouvido humano que perturbam o raciocínio e o humor da pessoa, sem prejudicá-la. Nada acontece. Apenas ela se retira decepcionada por não ter logrado êxito.

Entraram numa sala mobiliada, paredes brancas com quadros de plantas, frutas, pássaros e animais estranhos pertencentes à fauna e flora de Ekron. No centro da sala uma poltrona reclinada. De frente à poltrona uma tela branca, com luzes laterais. Acima da poltrona uma cúpula reluzente suspensa por cordões metálicos. Mozart, Índio e Baltazar sentaram num sofá muito confortável e conversaram descontraidamente. Índio contou a Mayden sobre as atividades no Bar do Zeca, o namoro de Mozart com Irene...

Instado a falar, Mozart comentou seu trabalho junto ao Centro na capital e, principalmente, sobre as viagens a outros países. Não estava cansado, não sentia fome e se sentia bastante desperto.

— Voltemos à Terra Verde — falou Índio. Amanhã continuaremos.

— Sem dúvida. Aguardo vocês.

A preocupação de Mozart era saber se Irene havia chegado. Foi informado que ela retornaria na quarta ou quinta-feira. Olhou o relógio na parede. Marcava nove horas. Surpreso, confirmou as horas. Ele esteve horas e horas naquele Laboratório com Índio e Baltazar e, no entanto, passou-se pouco mais de meia hora

Tentou conversar com Índio a respeito, mas desistiu, adivinhando a resposta: "Aguarde Mozart".

— Preciso resolver uns assuntos. Amanhã cedo a gente se fala — disse Índio.

Oito horas da manhã Índio já o aguardava no salão. Tomaram o café e Mozart foi direto ao assunto.

— Índio, precisamos conversar sobre o que vi e ouvi ontem. Estou intrigado.

Esperou que Índio dissesse para aguardar, mas ele respondeu:

— À vontade.

— Tudo está girando na minha cabeça. Calculei em muitas horas nossa permanência naquele lugar, mas pelo relógio não se passou mais que meia hora. O mesmo aconteceu quando estivemos na caverna fotografando o disco. Como se explica isso?

— Essa reação também aconteceu comigo há anos atrás. Alguma coisa posso adiantar: o ambiente mantém o clima, temperatura e gravidade do planeta Ekrom. Informações mais completas você as terá em breve. Vamos conversar durante um passeio de Jeep?

Rodaram pela cidade.

— Ouvindo Mayden e vendo todas aquelas aparelhagens aceitei tudo passivamente, pois meus olhos viam e podia tocar. Mas, depois que saímos do Laboratório voltei ao nosso dia a dia totalmente diferente dessa realidade alienígena contrastante com a realidade da Terra.

— Essa diferença existe e sempre existiu. A Terra não está sozinha no espaço e todos os planetas são diferentes uns dos outros. Somos uma raça com poucos privilégios que está sendo depurada para atingir um nível melhor e caminhando para um estágio mais elevado. Muito progresso foi conseguido nos últimos séculos e um dia a Terra será habitada por seres de mentes abertas, privilegiadas em sabedoria, paz, amor, consciência, igual à realidade de vida de Ekron. A mudança já está a caminho, meu caro Mozart, com a ajuda de vocês "escolhidos" e "voluntários". A nova geração será totalmente diferente. A gama de informações que vocês estão recebendo vai abrir caminho para essa mudança. Hoje você terá mais respostas. Virei buscá-lo à tarde.

Mozart não se deu por satisfeito e aguardou a volta de Índio.

— Senhor Mozart, senhor Mozart. Era a camareira do hotel. Há uma grande confusão na praça em frente à biblioteca. Tem gente querendo se suicidar. A polícia e ambulâncias, estão acompanhando o caso.

A curiosidade levou Mozart até a praça, lotada de pessoas gritando, pedindo ao candidato ao suicídio para descer do telhado do prédio e desistir do intento. Encontrou Índio e Baltazar no meio do povo.

Baltazar comentou:

— É o José de Maio, mais conhecido como Zeca perneta, apelidado por mancar depois de um acidente sofrido na fazenda do Dr. Horácio Gusmão. Depois do acidente o Dr. Horácio passou o Zeca a caseiro na casa da fazenda. Foi despedido há cinco dias. Deve ser esse o motivo para o suicídio. Índio observava calado a cena. De repente dirigiu-se à biblioteca e entrou.

— Vá com Índio, ele pode precisar da sua ajuda — pediu Baltazar.

Na cobertura, a mulher e a filha choravam pedindo que ele desistisse.

— Seu Índio, por favor, pelo amor de Deus, fala pro Zé desistir. Ajuda ele.

— Não preciso de ajuda de ninguém. Vão embora e me deixem em paz. Eu sou um aleijado, um fracassado, estou perdido e não tem mais solução. Vão embora.

— Zé, não vim aqui para demover você da ideia. Você é dono do seu nariz, faça o que quiser. Só quero que me ouça, depois pode pular.

— Não interessa o que você tem pra falar, vá embora.

— Primeiro eu falo, depois vou embora e você pula, ok? Sei que você está perturbado porque foi despedido...

— Depois de quarenta anos de serviço pro Dr. Horácio, ele me manda embora só por que sou aleijado e velho. Onde vou trabalhar? Quem vai querer me empregar? Como vou sustentar minha família?. Como vou pagar as prestações da minha casa, a escola da minha filha, médico e farmácia? Minha mulher está doente.

— E você, tirando sua vida, vai resolver esses problemas? Você está desistindo, fugindo da sua responsabilidade para com sua família. Ouça o que vou lhe dizer: Dr. Horácio não mandou você embora porque você é aleijado. Ele despediu você para lhe ajudar e ajudar sua mulher e sua filha. Você se precipitou e está entendo tudo errado. Ele depositou ontem, no banco em sua conta, cento e vinte mil cruzados novos de indenização pelo seu tempo de serviço prestado na fazenda.

— É mentira. Não acredito nisso.

— Arranjou uma Bolsa de Estudo integral para Mariana, sua filha, no Colégio São Cristovão. Seu pedido de aposentadoria por incapacidade foi aceito, você está aposentado. O Pedro da gráfica quer que você vá ajudá-lo. Será que tudo isso não ajuda você à viver em paz e cuidar da sua família? Sua mulher está de prova, ela recebeu a correspondência hoje de manhã, mas você desapareceu, não voltou para casa. Sua mulher e sua filha amam você e você quer deixá-las tristes, desamparadas. Elas precisam de você, não as deixe sozinhas neste mundo.

— É verdade Zé. Está tudo lá em casa. Venha eu lhe mostro.

— Vem papai, é verdade.

— Se não for verdade o que lhe disse, eu mesmo empurro você.

José sentou-se no beiral. Sua mulher e filha aproximaram e José as abraçou. Os três chorando, desceram abraçados. Mozart assistiu a tudo em completo silêncio. Ele e Índio saíram pela porta dos fundos da biblioteca.

— Você sabia de tudo e por que não contou antes para o José?

— Primeiro por que o Zé perneta sumiu, segundo porque eu não sabia de nada.

— Como não sabia de nada, se você explicou toda a situação a ele?

— Estou lhe dizendo, eu não sabia coisa alguma. Na hora apareceu na minha mente e eu falei. Não vou explicar como.

— E se for tudo mentira? A situação pode piorar para o Zé e para você.

Índio ficou em silêncio, pensativo.

— Mozart, você me chamou de mentiroso e não gostei.

— Desculpe, mas eu fiquei preocupado...

— Está desculpado, vamos aguardar os acontecimentos e deixar o retorno ao Laboratório para amanhã.

No dia seguinte voltaram ao Laboratório.

— Mozart, tenho mais informações para lhe passar, mas vou deixar que você mesmo as descubra e Índio vai ajudá-lo. Sinto que, apesar de ser uma pessoa equilibrada, você está confuso.

— Até agora mantive-me interessado, aguçou minha curiosidade. Confesso que, às vezes, pareço estar sonhando e que vou acordar ouvindo meus entrevistados repetindo as mesmas histórias de sempre.

— Dúvidas. Você mesmo vai esclarecê-las.

Chegaram até o disco voador. O coração de Mozart acelerou. "Eu entrar numa nave alienígena? Jamais imaginaria que tal coisa pudesse acontecer comigo. Será que vão me sequestrar e me levar para outro planeta? E se eu não voltar mais à Terra?". Seu corpo tremeu ao subir a rampa de acesso com Índio e Maydem. Baltazar não embarcou. No interior do disco uma luz fraca iluminava três figuras, com certeza Ekronianos, vestidos com uniformes brancos, confeccionados em tecido semitransparente e brilhante, sentados frente a aparelhos, com certeza os comandos da nave.

Índio e Mozart foram alojados numa cabine central com teto transparente, sentados em poltronas giratórias com visão externa panorâmica.

— A cabine mantém a temperatura, clima e gravidade da Terra. Apesar da velocidade atingida pela nave não sentirão qualquer efeito desagradável.

A ESTAÇÃO ORBITAL

O início, a subida foi suave, mas, de repente, a Terra azul apareceu. Bastou, no entanto, alguns segundos para ela desaparecer completamente. Mais alguns segundos e visualizaram uma cidade, em pleno espaço. Índio comentou:

— Trata-se da Estação de Apoio Kappa 315 a alguns milhões de quilômetros da Terra. Ela é envolta por uma camada invisível e um campo de força que impede ser vista e atacada. Seu campo de força repele qualquer objeto que se aproxime e o desvia a uma distância segura. É também um adiantado laboratório.

De repente o disco afastou-se da estação numa enorme velocidade. Mayden chamou Ekron.

— Nave E340 chamando Ekron. Duas naves Zetaianas circundando Kappa 315. Não podemos entrar. Mande "Equipe Limpeza", urgente.

Uma explosão sacudiu o disco. Mozart tremeu apavorado. Ele e Índio foram imobilizados por um sistema automático e ficaram presos nas poltronas.

— Não se preocupem, fomos atingidos sem gravidade.

Uma segunda explosão fez o disco rodopiar no espaço. Mozart e Índio desmaiaram.

— E105 chamando E340. Inimigo localizado. Aguardo ordens.

— E340 para E105. Destrua-os.

Uma explosão desintegrou umas das naves Zetaianas. A outra nave evadiu-se. Foi perseguida pela nave de Ekron e, também, desintegrada.

— E105 para E340. Missão cumprida.

Índio e Mozart acordaram. Mozart estava apavorado, não conseguia falar e Índio estava calmo como se já tivesse passado por situação idêntica. Desceram por uma rampa e Mozart, cambaleante, foi ajudado por Índio.

— O que aconteceu?

— Foi um ataque de naves de Zeta, um planeta da galáxia Traslidi, vizinho de Ekron. O povo Zetaiano possui uma tecnologia bem avançada, não tanto quanto a de Ekron. Na verdade, os cientista Zetaianos roubaram parte dos conhecimentos de Ekron. É um planeta sem recursos naturais e eles invadem planetas menores, saqueiam e destroem o que resta.

— Como conseguiram detectar a presença do disco? O disco não tem proteção contra esses ataques?

— Tem. De alguma maneira a nave de Zeta conseguiu localizar. Vamos ouvir o que Mayden tem a dizer.

— É verdade que os Zetaianos têm tecnologia avançada, mas não se compara à nossa. São deficitárias no controle da velocidade, o armamento é obsoleto, não conseguem afetar nossas naves. Suas naves são desatualizadas e têm dificuldade de entrar em planetas com densidade atmosférica iguais à da Terra. Sorte da Terra, por enquanto. Já tentaram algumas vezes sem êxito, mas poderão no futuro conseguir.

Uma jovem linda e sorridente veio recebê-los. Era Ingrid.

— Bem-vindo à nossa casa, Mozart.

— Obrigado Ingrid. É uma casa um pouco estranha para mim.

— Logo você vai se acostumar e gostar daqui. Estejam à vontade. Daqui a pouco Mayden vai recebê-los no estúdio. Índio, aproveite e mostre um pouco da casa para Mozart.

Chamar de "casa" era um contra senso. Mozart ficou sabendo que a "casa" abrigava vinte mil pessoas entre funcionários e familiares, com espaço suficiente para pequenas propriedades agrícolas. Uma pequena cidade com tudo necessário para sobrevivência. Olhou o firmamento estrelado e a claridade da Lua, veículos pequenos sem cobertura rodavam, melhor dizendo, deslizavam pelas ruas em completo silêncio. Tomaram um desses veículos e circularam por vários quilômetros. Árvores, pássaros, lagos, jardins com chafariz, parques com crianças brincando, pedestres andando pelas calçadas, sons normais de uma pequena cidade. Mozart fechou os olhos e imaginou estar sonhando.

— É inacreditável. Ainda não digeri essa situação. Tem certeza que estou acordado?

— Vamos fazer uma parada na fazenda do Sr. Bertoldo. Converse com ele, faça perguntas.

— Bom dia, seu Bertoldo. Este é Mozart, um visitante.

— Prazer.

— Há quanto tempo o senhor mora na estação?

— Já vai para vinte anos. Vim para cá solteiro e casei com Virgínia, minha esposa.

— E filhos, quantos?

— Três, um menino e duas meninas.

— Eles estão gostando daqui? Não sentem saudades da Terra?

— Nasceram aqui, seu Mozart. Conhecem a Terra pela televisão. Talvez a gente volte um dia, mas prefiro este lugar. Crio gado de corte, cultivo muita verdura, frutas, legumes. Vendo e também compro no comércio da estação.

— Vocês têm diversão nesta "pequena cidade"?

— Temos sim. A televisão acessa quase todos os canais da Terra. Alguns canais são censurados, por motivos óbvios. Temos um teatro onde são encenadas algumas peças por artistas que conosco convivem, atividades esportivas no estádio e na praça central, enfim, diversão suficiente para a população.

— Obrigado e tenha um bom dia.

— Vamos fazer mais uma vista. Este é um bairro da periferia. Aqui ficam as pessoas que ainda não se adaptaram ou que têm alguma deficiência física ou mental. O Departamento de Recuperação funciona vinte e quaro horas por dia. Todos são recuperados. Os que preferem ficar são encaminhados para a cidade para morar e trabalhar. Os demais, que são minoria, são devolvidos ao planeta de onde vieram, Terra e outros.

Um rapaz de vinte e poucos anos abordo-os.

— Oi moço, eu vou para casa. Ela é bonita, eu gosto dela.

— Lembra-se dele, Mozart?

— Não, não me lembro.

— É Clayton, o rapaz que o atacou em Terra Verde.

— Verdade! Agora me lembro da fisionomia. Como está reagindo ao tratamento?.

— Está aqui há apenas cinco dias.

Yolanda, uma das atendentes do Departamento Médico de Recuperação, aproximou-se.

— Clayton, venha, está na hora do lanche que você gosta. Desculpe Índio, ele não para no Centro, mas está bem melhor do que quando aqui chegou. Creio que mais uns quinze dias estará curado, em condições de ir para a cidade.

— O tratamento é rápido, feito por especialistas em todas as áreas, mental, física, espiritual, e não dura mais que vinte dias. Chega por hoje, vamos até o estúdio e você vai ver as coisas por outro ângulo.

Mayden já os esperava. O estúdio era maior que um campo de futebol, cheio de aparelhagens, máquinas funcionando, câmeras, monitores emitindo imagens e sons...

— Mozart, o que você viu causou-lhe estranheza, não? Mais duas etapas a cumprir e você estará engajado na comunidade.

— Poso saber quais são essas duas etapas?

— A primeira é uma viagem a Ekron...

Mozart arrepiou-se todo! Lembrou-se do sorriso de Mayden quando lhe disse que "não dói nada". Olhou para Índio e Índio colocou a mão em seu ombro com ar de cumplicidade. Mayden continuou:

— Eu disse viagem. Na realidade você vai visitar Ekron, mas não de corpo presente. Seu organismo não aguentaria. Você será induzido a um desdobramento consciente e estará ligado ao seu corpo por um fio muito resistente, fio esse que vocês chamam de "fio de prata". Por ser um desdobramento consciente, a viagem poderá ser interrompida no momento que quiser, mas garanto, você vai gostar. A viagem é rápida.

Na segunda etapa, a mais importante, você receberá em seu inconsciente e subconsciente, as informações completas do Universo. Na verdade você já tem boa parte dessas informações. Nessa viagem você as completará. Então você receberá uma "chave" que lhe permitirá trazer os conhecimentos para o seu consciente quando precisar. Você acessará com a chave os segredos do Universo: de todas as ciências, tecnologias, terá o controle absoluto dos elementos existentes da natureza, da saúde do corpo, do espírito, das energias. Você conhecerá os planetas habitados, o movimento das galáxias... Enfim, impossível enumerar tudo. O importante é que você poderá acessá-los quando precisar. Você poderá abrir o seu subconsciente, transferir para o seu consciente no momento em que uma informação deve ser revelada.

Mozart ouviu com interesse e imaginou: "Eu, um simples caçador de discos voadores, com esse cabedal de conhecimento vou abraçar o mundo, vou ser um ser humano superior, um super-homem...".

Pensamento intruso, pueril, foi percebido por Índio.

— Você terá a "chave", porém os conhecimentos só serão liberados se forem de utilidade e para o bem. Em caso de simples uso fútil, a informação será bloqueada. Você sabia que no Universo nada se inventa, tudo se descobre? Tudo está feito e o que está feito sofre, apenas, transformações. No Universo, depois de formado, nada é inventado, tudo é descoberto.

Os cientistas são descobridores, não inventores. Nada mais são do que mentes privilegiadas que existiram num passado remoto e, agora, liberam esses conhecimentos com a devida autorização superior. Tudo existiu em alguma mente, em algum momento, em algum lugar do Universo. Por isso, você irá descobrir qualquer coisa no devido tempo, quando necessário, mas submetido ao bloqueio que comentei. Se todas as coisas existem, basta descobri-las.

O METEORO

De repente, um som ecoou pelo Estúdio. Mayden levantou-se e disse alguma coisa para um dos Ekronianos. Imediatamente apareceu numa tela gigante um pequeno objeto em movimento.

— Apenas um meteoro em nossa direção. Sua trajetória e velocidade estão na tela e vem ao nosso encontro. Não se preocupem, ele vai deslizar no campo de força e mudar de rota. Observe o impacto em vinte segundos...

Pequeno?! O meteoro era enorme, crescia de tamanho enquanto se aproximava. Mozart não se abalou com a visão ou perspectiva de colisão. Já estava começando se acostumar com situações imprevistas.

— Cinco, quatro, três, dois, um...

Na tela apareceu o meteoro desviando. Nenhum abalo foi sentido. Mayden chamou um Ekroniano:

— Erikton, ajude mandar Mozart até Ekron.

A cabeça de Erikton era completa, semitransparente, mostrava a face, olhos, nariz, boca, queixo, pescoço, tudo igual a um ser da Terra e brilhava como se fosse feito de ondas. Ele falou algo para Mayden e pediu que o acompanhassem.

Na sala havia vários instrumentos e duas cadeiras semelhantes às de dentistas. Ingrid entrou.

— Ingrid vai acompanhá-lo. Ela já conhece Ekron e pode ajudá-lo.

Mozart sentou-se numa das cadeiras muito confortável. Ingrid tomou lugar na outra. Erikton encostou uma peça com formato de capacete, ligado a fios prateados.

O capacete era leve, quase sem peso. Duas peças em contato com os ouvidos e uma viseira opaca fechou-se. Seu coração acelerou.

A chegada foi imediata. Ingrid falou:

— Efradini, capital de Ekron, tem uma área territorial de quatro mil quilômetros quadrados. Trinta milhões de Ekronianos vivem nesta cidade em completa harmonia. Observe como andam devagar, compassadamente. Os veículos, todos aéreos, sem ruído, movido por força eletroímã com controle gravitacional. Todos os veículos urbanos movimentam-se na mesma velocidade máxima. Para ir de um ponto a outro, o Ekroniano sabe que sairá na hora certa e chegará na hora certa, sem pressa, sem estresse. Não há colisões. Todos são protegidos por um campo de força que desvia o veículo que se aproxima. Para a iluminação não há postes e os condutores são subterrâneos.

Cruzaram por pessoas nas calçadas, umas vestidas com roupas coloridas, outras com mais rigor, algumas descontraídas, outras com ares sérios, formando rodinhas para conversas, faixas de propagandas nos estabelecimentos, telas e mais telas suspensas passando filmes, ruas limpas, prédios pintados com cores vivas. Não viram pessoas obesas.

Passaram por restaurantes típicos de cidade grande com muito espaço, todas as mesas ocupadas, pessoas conversando enquanto comiam. Não há garçons. Há máquinas de servir. Você escolhe o prato, combina os alimentos, paga com cartão e o prato sai em quinze segundos. Se não houver mesa desocupada, a máquina aguarda até uma desocupar.

"Esta é uma sala de aula para adolescentes. Tem trezentos lugares. Cada mesa é uma máquina computadorizada de altíssima resolução. Monitor no tampo, ligado à professora. Observe todos os alunos atentos à explicação.

Teatros, salas de projeção, academias de ginástica, boates, bares de periferia, campos esportivos, repartições públicas, clubes sociais, templos religiosos, bibliotecas, jardins públicos, hospitais, maternidades, laboratórios, bancos, mercados. Passaram por todos eles. Mozart ficou impressionado com a organização, montagem e funcionamento de cada um. Uma perfeição.

Aeroportos, rios, lagos, florestas, montanhas, animais, pássaros, fazendas agrícolas, de criação de bovinos, equinos e outros, granjas... Tudo como na Terra.

A mente de Mozart foi gravando as informações técnicas, as estruturas, como foram construídas, como funcionavam as instalações, a tecnologia que cada um utilizava, enfim, a perfeita coordenação e interligação existentes entre todos esses lugares e os habitantes de Ekron.

Entraram em laboratórios de pesquisas, fábricas de vários tipos de produtos e máquinas, peças e montagem de veículos e aeronaves, centros de informatização. Cada lugar transmitia à mente de Mozart conhecimentos, esquemas, fórmulas matemáticas, planos, plantas de construções...

Ingrid não largou sua mão um só instante.

No aeroporto tomaram assento num pequeno veículo e levantamos voo.

A mente de Mozart parecia alargar-se, sentiu a sensação de que não era um desdobramento e que ele estava ali de corpo presente.

Sobrevoaram cidades menores que a capital Efradini, desertos com habitantes, animais, oásis verdejantes. Sobrevoaram as terras geladas, o polo norte do planeta. Fizeram rasantes nos mares e oceanos. Navios enormes singravam dançando sobre ondas gigantes.

Ingrid percebeu um ruído estranho e a nave parou em pleno mar caindo sobre as águas. De repene começou a afundar. Mozart pensou ser uma manobra de Ingrid, mas observou seu olhar preocupado.

— O que houve?

— Não sei. A nave está afundando e não tenho controle sobre ela, está afundando muito rápido.

— Eu ainda vou morrer de infarto com os sustos que levo a toda hora. Desde que conheci Índio vivo em sobressaltos. Deus do céu, será que este é o último susto: morrer afogado no oceano de um planeta longe da minha Terra?

— Calma, Mozart. Vou tentar contato com a Central.

A comunicação estava muda e a nave afundava cada vez mais. Demorou uma eternidade e ela atingiu o fundo ao lado de uma gigantesca estrutura transparente. Mozart respirava com dificuldade. Quatro mergulhadores levaram a nave para dentro da estrutura. Ingrid observava tudo em silêncio. Era uma usina de extração de minérios, processados, transformados em combustível e enviados para a superfície. Segundo o responsável pela usina, o sistema de rastreamento detectou a pane da nave e a direcionou para que pousasse perto de sua entrada. Mozart aproveitou para assimilar todos os componentes da usina e seu funcionamento.

— Pedi à Central que mande outra nave para resgatar vocês.

— Obrigado, mas não há necessidade — disse Ingrid. Hora de volta para casa.

Soltou a mão de Mozart.

DE VOLTA À ESTAÇÃO

Erikton desligou os aparelhos. Índio e Mayden estavam ao lado.

— Então? — perguntou Mayden. Como se saiu no passeio? Gostou?

— Fantástico! Não tenho palavras! Sempre pensei em planetas habitados no Universo, mas não imaginava constatar com meus próprios olhos um semelhante à Terra. Ver esse planeta, conhecer sua civilização, sua tecnologia... Meu Deus, o que eu vou fazer com todo esse conhecimento?

Mayden sorriu e comentou:

— Você saberá. Antes de liberar você teremos mais uma reunião, mas deixaremos para amanhã.

— Uma reunião? Vou levar outro susto? A todo momento estou sendo testado. Estou ficando com os nervos à flor da pele, mas acho que vou me acostumar.

— Faz parte do treinamento. Até amanhã.

Voltaram ao hotel. Mozart estava ansioso em encontrar Irene. Achou que estivera ausente alguns dias e ficou preocupado. Olhou o relógio do salão: nove horas e quarenta minutos. Juracy, irmã do Índio, disse que Irene ainda não chegara. Tomou um banho demorado, relaxante, e descansou por uma hora. Desceu para almoçar. Bateu os olhos no calendário: trinta e um de agosto. Quarta-feira.

— Que dia é hoje? — perguntou a Juracy.

— Quarta-feira, por quê?

— Tem certeza?

— Claro. Olhe no calendário. Quarta-feira, trinta e um de agosto de 1988.

Sua cabeça começou a girar, números circulavam em sua mente e, em segundos, fez as contas do tempo que estiveram no Laboratório: saíram do hotel às oito horas em ponto, levaram uns vinte minutos na ida e vinte minutos na volta, chegaram às nove horas e quarenta minutos. Resultado: uma hora de permanência no Laboratório, na nave, na estação espacial e a viagem a Ekron. Era demais para sua cabeça. Verificou novamente as horas e a data. Ele nunca foi bom em matemática, mas os cálculos estavam corretos.

Juracy olhava preocupada.

— Mozart, você está bem? Está com um olhar estranho. Está sentindo alguma coisa? Posso ajudar?

— Hein?... Não, obrigado Juracy, estou bem. Muito obrigado.

Encontrou Índio no Bar.

— Estou me sentindo um pouco estranho. Acho que acionei a chave sem querer e... funcionou.

— Meu amigo Mozart, prepare-se. Você vai ter bastante trabalho pela frente. Amanhã Mayden vai dar-lhe as últimas informações.

Às nove horas da manhã voltaram ao Laboratório. Mozart não estava preocupado com tempo que lá iria ficar. Sabia que voltaria logo. Mayden os aguardava. Levou-os até a sala de reunião. Mesa grande, poltronas confortáveis, grandes monitores nas quatro paredes. Mozart, Índio, Mayden e Ingrid aguardaram Erikton, que entrou com um teclado e se sentou na cabeceira da mesa. A pedido de Mayden, Mozart colocou fones nos ouvidos.

— Mais conhecimentos ficarão gravados na sua memória. Esta é a parte final da nossa conversa e do seu aprendizado. Você vai se perturbar com o que vai ver, mas se controlará.

Enquanto ouvia a gravação, imagens formavam-se em sua mente como num filme.

"As modificações periódicas naturais sofridas pelo planeta nos últimos séculos tiveram o objetivo de aperfeiçoar sua estrutura e melhorar a raça humana, a fauna e flora, sob os desígnios do Criador. Isso significa que a cada transformação o ser humano adquiriu conhecimentos novos e meios de convivência. As conquistas para expansão de territórios também sofreram transformações. Atualmente o planeta passa por relativa tranquilidade.

Ocorre, no entanto, que o mal uso dos recursos naturais e a utilização indevida desses recursos vem acarretando o desgaste do planeta, prejudicando a qualidade de vida dos seres humanos, prejudicando o equilíbrio entre a fauna e a flora. Disso resulta o aumento das águas oceânicas, a formação de buracos na camada de ozônio, alteração das estações climáticas, diminuição dos lençóis freáticos etc. etc. etc. O planeta está envelhecendo num ritmo acelerado.

A Terra e seus habitantes pagarão altos preços por esse desequilíbrio. A natureza dá os seus sinais dia e noite, mas os habitantes fazem 'ouvidos moucos'. Profecias bíblicas, escritos antigos também anunciam a renovação. É nesse momento que entram os trabalhos dos 'escolhidos' e 'voluntários'.

A gravação continuava e cenas fustigavam seu cérebro: cenas fantásticas, aterrorizantes, de desespero e destruição, provocadas pelas modificações geológicas ocorridas no planeta; inundações, lavas varrendo cidades do mapa, morte aos milhares, destruição da fauna e da flora, um completo caos. Depois veio a lenta recuperação que levou séculos para retornar à normalidade.

As imagens mudaram. Números, cálculos, fórmulas, plantas, tudo sobre astronomia, geologia, ciências físicas, química, matemática, ciências humanas, tudo passando pela mente de Mozart numa velocidade espantosa como se fossem flashes. Mozart fechou os olhos e as imagens continuavam vivas penetrando seu cérebro. A existência de tudo na Terra e no Universo fustigava sua mente, desde a germinação de uma semente até formação das galáxias, desde a invenção da roda até a construção das naves interplanetárias, desde a formação da vida no útero até a continuação após a morte da carne. Mozart sentiu-se menor que o menor grão de areia frente à grandiosidade do Universo.

Cessaram as transmissões. Mozart tirou os fones. Uma tranquilidade indescritível abateu-se sobre ele. Mayden, Índio, Erikton e Ingrid mantinham-se em silêncio, obervando sua reação. Olhou para eles e esboçou um sorriso, um sorriso de satisfação e agradecimento por ser um "escolhido", por ser portador dos segredos do Universo e poder transmiti-los aos eleitos pelo Criador. Abraçou a todos e lágrimas correram por sua face. Erikton quebrou o silêncio.

— Parabéns, Mozart. Sinto-me feliz por tê-lo em nossa família.

Erikton falou em Ekroniano e Mozart agradeceu em Ekroniano.

— Com todos esses conhecimentos posso ver o futuro?

— Ver não, Mozart. Ver não, prever sim, baseado no que ocorreu no passado e nos indícios existentes no presente. O passado você pode ver. O futuro só ao Criador pertence.

— Mozart... — falou Mayden. Aqui nos despedimos. Siga em frente, pois sua tarefa vai começar em breve. Agora, tenho certeza que você foi merecedor da escolha. Qualquer dia a gente se encontra novamente.

Mozart agradeceu, despediu-se de Mayden, Ingrid e Erikton.

Chegaram ao hotel às onze horas: uma hora e vinte minutos para conhecer o Universo!

Seu coração pulou de alegria ao ver Irene no salão. Usava uniforme de serviço, sua imagem irradiava beleza e abraçou Mozart com um sorriso e lágrimas nos olhos.

— Gostou de Mayden? — perguntou Irene.

— O quê? Você também? Não me diga que você é alienígena. Era só o que me faltava.

Irene sorriu.

— Não querido, calma. Eu sou da Terra e estou com ciúmes da Ingrid. Vocês dois passeando de mãos dadas na minha ausência.

— Quem lhe contou meu passeio?

— Foi tio Baltazar. Ele disse que esteve no Laboratório quando você viajou a Ekron.

— Irene, precisamos conversar a respeito, mas não agora. Agora quero você e mais nada.

— Senti muita saudade de você.

— Eu também senti sua ausência, mas estive muito ocupado como você sabe.

— Quando você chegou ao hotel, percebi que era um "escolhido". Índio pediu-me para não tocar no assunto e que aguardasse o momento certo.

— De início não acreditei no Índio, mas no final acabei aceitando a minha posição. E você, também é uma "escolhida"?

— Sou.

— O que tem a dizer com relação a nós?

— Com relação a nós? Eu me apaixonei por você. Amor à primeira vista.

— Irene, eu te amo. Quer se casar comigo?

Irene fez uma cara de espanto, olhos arregalados, lágrimas escorrendo na face.

— Quero, meu amor.

Foi um beijo longo, interrompido pelo pigarrear de Baltazar encostado na porta do salão.

— Desculpe, não queria interromper, mas o telegrama...

Abriu o telegrama: TRAGA NEGATIVOS URGENTE PT ANDERSEN PT.

— Outra vez "urgente", não me dão sossego.

Irene sorriu.

— Ossos do ofício, meu querido. Eu espero por você a vida toda, mas volte logo.

Dez horas da manhã. Estacionou o carro na garagem do Centro. O elevador levou-o até o sexto andar. Sua adrenalina subiu, preocupado com um possível "bilhete azul" por não ter atendido a primeira convocação, por ter provocado o deslocamento de Edvard até Terra Verde, por não ter conseguido provar a Edvard a existência do disco, por ter negado entregar os negativos...

Entrou na recepção. Reconheceu Adélia, a recepcionista, viu Edvard sentado numa poltrona, folheando uma revista.

— Oi, Edvard. Como vai?

Recebeu um simples aceno como resposta.

— Bom dia, Adélia.

— Bom dia, Mozart. Que surpresa agradável revê-lo. Que bons ventos o trazem?

— Fui convocado pelo Dr. Andersen.

Edvard manifestou-se.

— Sente-se e aguarde, meu jovem. Faz mais de hora que estou esperando para ser atendido.

Adélia comunicou Dr. Andersen. O próprio Dr. Andersen abriu a porta.

— Mozart, venha cá.

Levou um susto com esse "venha cá" e pensou no pior. De rabo de olho viu o sorriso maroto de Edvard.

Dr. Andersen ligou para Adélia.

— Dona Adélia, providencie dois cafés e coloque Edvard na linha. Edvard, é urgente o que você quer falar?

— Bem, não é muito urgente. Pode ser outra hora.

— Por favor, peça a dona Adélia para agendar você para amanhã às nove horas. Nove horas está bem para você?

— Sim. Está bem, obrigado.

— Meu caro Mozart, meus parabéns por não ter sucumbido nos testes.

Mozart respirou aliviado e relaxou. Foi a primeira vez, nos seus anos de serviço, que conheceu pessoalmente Dr. Andersen. Atreveu-se a olhar nos olhos do Dr. Andersen e, de repente, um filete de luz saltou de sua testa.

— O senhor também...

— Sou "voluntário", Mozart. Índio reportou sua permanência em Terra Verde, com todos os detalhes, e fiquei satisfeito com os resultados. Já sabíamos que você era um "escolhido". Aguardamos o tempo certo para engajar você na comunidade.

Mozart comentou sobre Terra Verde, seus habitantes, sobre seu namoro com Irene, a intenção de se casar com ela...

— Mozart, infelizmente estamos entrando num período crítico. Sinais inquietantes estão surgindo a todo momento. A população não está dando atenção aos avisos que a natureza lhes dá diariamente e todos estão contribuindo para piorar a situação. O tempo que temos para conscientizar os habitantes e os governos é curto. Já começamos a trabalhar junto às autoridades máximas dos países, mas pouco retorno estamos recebendo. Vou marcar um encontro com cientistas de todo mundo para uma palestra sobre os acontecimentos e medidas que deverão ser tomadas. Será uma palestra de informação e alerta. Você será o palestrante.

— Eu... enfrentando cientistas? Desculpe Dr. Andersen, mas...

— Você vai transmitir o que aprendeu e o que eles não sabem. Garanto que você vai tirar de letra. Os conhecimentos, da forma como você adquiriu, darão a você condições para desenvolver qualquer tema.

— Mas, mal sei português. Vou precisar de intérpretes...

— Não vai, não. Mozart, você se esquece que tem a "chave". Use-a e tudo dará certo. Que tal fazermos um teste? Suponhamos que assisto à palestra, sou um cientista alemão. Pergunto em alemão: "Senhor Mozart, o que restou do planeta após a última transformação ocorrida e como se deu a recuperação?".

Mozart pensou em "transformação" e "recuperação" e, incrível! sua mente se abriu e relatou os acontecimentos nos seus mínimos detalhes, em alemão.

— Sr. Mozart, sou um cientista francês, o senhor falou que a lei da gravidade pode ser alterada, controlada, usada para fins pacíficos. Pode mostrar como?

Mozart pensou em "Lei da Gravidade". Pediu licença, foi até o quadro de anotações e preencheu, em um minuto, o quadro com fórmulas matemáticas, cujo final atingia o resultado viável para "domar" a gravidade.

— É isso aí, Mozart. Os temas vão ser definidos. Você vai tomar conhecimento deles e o resto lhe será fácil. Vou marcar para dentro de sessenta dias. Dentre os cientistas, a maioria será de "escolhidos", uma parte de "voluntários" e uma minoria de cientistas que não pertencem à Comunidade, mas que são cientistas convictos, de ilibada reputação e leais à profissão. São apadrinhados pelos cientistas da Comunidade.

Você fará palestras em outros países. Dou-lhe uma sugestão: volte para Terra Verde, case com Irene e venham passar uns dias na capital.

Mozart teve uma sensação estranha, mistura de tranquilidade, poder, discernimento, responsabilidade, como se ele, há muito tempo, fizesse parte integrante da Comunidade. Não se espantou, não ficou preocupado e aceitou a situação com total normalidade.

Dr. Andersen bateu em seus ombros.

— Mozart, você consegue, você pode.

Mozart pensou em Irene, sentiu um nó na garganta e quase não saiu o "obrigado, doutor.".

— Você vai precisar de assistentes. Poderá escolher dentre os funcionários relacionados nesta lista.

O primeiro nome da lista era Edvard.

Mozart entregou os negativos para o Dr. Andersen e foi convidado a conhecer as instalações do Centro. Dez mil metros quadrados de construção em seis andares. No térreo, recepção e exposição de quadros. No mezanino, um enorme salão para conferências, reuniões, palestras e biblioteca. Nos demais andares, um sem número de escritórios, centros de controle do complexo e, no subsolo, oficina gráfica, de reparos e testes. Os estacionamentos internos e externos comportam duzentos carros. O Centro funciona vinte e quatro horas por dia, sete dias por semana ininterruptamente e todos os funcionários são "voluntários" e "escolhidos".

O sexto andar é totalmente ocupado por complexos aparelhos de informática e comunicação com as Estações Kappa, com todas as naves em movimento e a Central em Ekron. Um sistema de monitoramento dos funcionários é comandado por uma funcionária jovem e bonita que cumprimentou Mozart com um largo sorriso, deixando um aperto no seu coração ao lembrar de Irene.

Mozart hospedou-se num hotel no centro da capital, almoçou e deitou para descansar depois de viajar a noite toda. Caiu num sono profundo. Sonhou, viu-se frente a uma plateia de cientistas, doutores sisudos bombardeando-o com perguntas, contestando as respostas, discutindo, viu Irene vestida de noiva, ele de smoking, os padrinhos Baltazar e Índio, os convidados Mayden e Ingrid.

Acordou sobressaltado com o telefone tocando.

— Sr. Mozart, Sr. Edvard está na recepção e quer lhe falar. O senhor o atende?

— Sim. Obrigado. Diga-lhe para subir.

Deu tempo de passar uma água no rosto e pentear o cabelo.

— Olá, Mozart.

— Boa noite, Edvard. Entre. Fique à vontade. Que bom que você veio. Não me dou bem sozinho nesta metrópole. Você é uma boa companhia. Sente-se.

— Soube que você se deu bem com o diretor. Pensei que ele fosse demitir você. O que houve afinal?

Mozart sentiu o desapontamento de Edvard, mas se conteve e até sentiu pena dele.

— Dr. Andersen quis saber o que ocorreu em Terra Verde. Entreguei-lhe os negativos e consegui uns dias de férias. Quando voltar vou enfrentar um novo tipo de serviço. Gostaria que você trabalhasse comigo, topa?

— De que se trata?

— Pelo que sei, vou dar algumas palestras sobre OVNIS e outros assuntos. Vou precisar de assistentes. Gostaria que você me assessorasse. Quando voltar, darei os detalhes, então você decide.

— Quando você voltar a gente conversa. Obrigado pelo convite.

Já recomposto, Mozart resolveu viajar à noite.

Nove horas da manhã, estacionou o carro em frente ao hotel. Cumprimentou Juracy que o informou que Irene, Índio e Baltazar haviam saído logo de manhã. Disseram que iam fazer uma visita a Mayden. Mozart tomou um banho rápido, engoliu uma xícara de café e foi até o Laboratório. Erikton o levou até a sala de Mayden, onde estavam reunidos. Mozart reparou a fisionomia séria de todos eles.

— O que está havendo?

— Fomos convidados por Mayden para uma reunião de despedida — disse Ingrid. Vai mudar-se para outro lugar. Ele explica o que está acontecendo.

— Dentro de alguns instantes este local deixará de existir. Está prestes a sofrer uma desintegração fulminante. Uma nave militar do planeta Zeta localizou a região onde está instalado este Laboratório, mas não sua localização exata. Temos apenas alguns minutos para retirada.

— Mas o campo magnético não protege o laboratório?

— Protege. Vou explicar e você vai entender. Este Laboratório já cumpriu sua tarefa e foi transferido para outro local fora de Terra Verde. Zeta é governado por tiranos que não suportam a posição de Ekron no sistema de Traslidi. São visceralmente contrários aos serviços de recuperação que nós praticamos. Já tentaram descer à Terra, mas não conseguiram. Há algum tempo desenvolveram uma arma especificamente para nos destruir. Infelizmente, a frequência sonora produzida por nossos Laboratórios permite serem localizados, quando desligado o campo de força.

— Mas é só não desligar o campo de força, a não ser que haja outro motivo para desligá-lo.

— Há — respondeu Mayden. Se localizarem o local exato, somente o Laboratório será desintegrado, senão uma parte da região poderá ser afetada. Vou deixar o trabalho para eles, poupa o meu tempo. Basta eu desligar o campo e aguardar. É o que vou fazer, imediatamente. Eu e Erikton já estamos de saída e aconselho a fazerem o mesmo. Mandarei pra vocês o novo endereço.

Despedidas rápidas e saíram. Alguns quilômetros depois, ouviram uma explosão.

— Desculpem minha curiosidade, mas eu imaginei que os avançados conhecimentos de Ekron ultrapassassem quaisquer tentativas de retaliação por parte de quem quer que seja, mas percebi que os Ekronianos também são vulneráveis a forças externas. Se eles são vulneráveis, imaginem nós terrestres. Podemos ser dizimados a qualquer momento por naves alienígenas.

— Já tentaram e não conseguiram. Entretanto, há essa possibilidade se conseguirem arranjar um meio.

— Mas, e a destruição do Laboratório? Os projéteis penetram a atmosfera, não?

— Sim, penetram, mas pelo fato de Laboratório ter desligado seu campo de força e por continuar emitindo as ondas sonoras. Essas ondas atraem os projéteis da nave zetaiana e Mayden manteve a emissão dessas ondas para que o Laboratório seja localizado.

— Se os Zetaianos conseguirem uma brecha na nossa atmosfera, como ficaremos?

— Bem, aí precisaremos descobrir um tipo de proteção ou revidar o ataque. Mas não se preocupe. O objetivo deles é só destruir os Laboratórios, por enquanto. Um fato curioso aconteceu no norte do pais há alguns anos. Na procura de laboratórios do Centro, uma nave Zetaiana percebeu um sinal fraco de ondas vindo de uma pequena cidade, localizada numa ilha de pescadores. Acontece que a composição geológica da ilha tinha rochas magnéticas, emitindo ondas quase idênticas às dos Laboratórios. Imaginando ser um Laboratório, lançou vários raios destruidores, como aquele lançado no laboratório. Como as ondas não eram suficientes para atrair os projéteis, estes não surtiram efeito, mas se transformaram em bolas de luz, quase sólidas. Essas bolas ou fachos permaneceram por alguns dias na ilha, movimentando-se de um lado para outro, assustando seus moradores e causando queimaduras, sem muita gravidade, em alguns habitantes.

A polícia militar esteve no local, mas não chegou a qualquer conclusão. Foi atestado em seus relatórios como uma "alucinação coletiva".

— Desculpe, mas estou preocupado com essas naves rodeando o planeta.

— Eles não ficam mais que alguns minutos. Vão embora assim que conseguem o intento. Já destruíram o Laboratório e se retiraram, pois não têm muita autonomia de permanência fora de Zeta.

— Como você tem certeza disso?

— Eu tenho todas as coordenadas desde o planeta Terra até a galáxia Traslidi. Confie em mim.

— Desculpe Índio, desculpe. Não quis...

— Mozart, não estamos em perigo iminente. Talvez, no futuro, tenhamos de enfrentá-los, então teremos condições de defesa. No momento, precisamos focar no trabalho a que fomos incumbidos — falou Irene.

Mozart sentiu-se aliviado, mas ainda apreensivo. Sentiu vontade de perguntar quanto Irene e Índio sabiam sobre o assunto, mas se calou.

— Proponho uma ida até o bar — convidou Índio.

— Eu agradeço o convite. Pode ser para hoje à tarde? Agora preciso de um tempo para conversar com Irene. Pode ser?

— Está bem. Às dezoito horas, aguardo vocês.

Mozart e Irene subiram até o quarto e não resistiram à privacidade. Beijos e afagos eternos e o relógio parou no tempo.

— Quer mesmo se casar comigo?

— Quero!

— Quando?

— Agora.

Às seis da tarde foram ao Bar do Zeca. Mozart comentou com Índio e Irene a observação do Dr. Andersen: "Volte para Terra Verde, case com Irene e venha passar uns dias aqui na capital".

— A ideia é boa. Faz tempo que Irene não vai à capital

— Querido, a nossa ida à capital, com certeza, não será por uma longa lua de mel. Muito trabalho nos espera no Centro.

No Bar do Zeca, casa cheia e um rebuliço tomava conta do ambiente.

— O que está acontecendo?

— O prefeito foi preso na capital. Houve denúncias do Legislativo sobre a conduta do prefeito com as verbas públicas e participação em atividades contra o regime militar. A polícia da capital fechou a prefeitura ontem à noite, levou todos os documentos e arquivos. Levou, também, seus familiares, Mariane, Rute e Rachel. Nem o advogado, Dr. Dalmo, escapou: seguiu com a comitiva. Fecharam a casa e o restaurante. Há soldados acampados na casa da fazenda do prefeito.

A notícia de soldados acampados na fazenda deixou intrigados os três.

— Será que a explosão do Laboratório alertou as autoridades, imaginando algum ato terrorista ou algum fato relacionado com OVNIS?

— Não tem nada a ver, respondeu Índio. A explosão foi hoje de manhã e eles estão aqui desde anteontem. O caso é um problema político motivado por rixas entre a Câmara e o prefeito.

No dia seguinte, Mozart acordou preocupado com a situação da família do prefeito. Imaginava Rute, Rachel e Mariane detidas pelos militares. Lembrou-se o que aconteceu com Frederico e Luiza na prisão do DOI-CODI e sentiu um nó no estômago.

Desceu para o café da manhã. No salão aguardavam Irene, Baltazar e um militar fardado, major Barreto.

— Mozart, o major Barreto deseja falar-lhe.

— Senhor Mozart, a senhorita Irene disse-me que ouviram uma explosão, ontem à tarde.

— Desculpe, major... Explosão? Ouvimos um estrondo entre nove e dez horas da manhã.

— Ah, sim, de manhã. Foi o que a senhorita Irene disse.

Mozart percebeu que o major jogava com as palavras para ter certeza dos fatos.

— Pareceu-me, major, mais um barulho de trovão.

— Senhor Mozart, segundo consta, não houve raios e trovões ontem. Informo que três motivos nos trouxeram a Terra Verde. Primeiro, o caso da prefeitura. Fomos incumbidos de levar todas as provas contra o senhor prefeito e pessoas envolvidas. Segundo, investigar a existência de bombas e armamentos que estejam em mãos de insurgentes contrários ao regime, e, terceiro, investigar sobre a informação de discos voadores sobre a cidade. Entrevistei alguns moradores e fui informado que existem discos voadores na cidade e que o senhor já viu.

— Major, trabalho há muitos anos para o Centro de Pesquisa de Objetos Voadores Não Identificados – a CPOVNI. Estou há algumas semanas nesta cidade e não vi nenhum disco voador voando por aqui. O meu serviço é pesquisar os lugares que dizem existir, relatar ao Centro os depoimentos e enviar fotos dos locais. Enviei o relatório para o Centro há alguns dias atrás. Como é feito em uma só via, não tenho cópia, mas vou pedir ao Centro e lhe enviarei cópia do relatório com as fotos. Vou ligar hoje mesmo e depois de amanhã, no máximo, o senhor receberá.

— Eu agradeço e aguardo. Devo mandar o material para o Comando na capital. Assim que receber, gostaria que o senhor me visitasse na fazenda.

— Sim major, irei.

O major retirou-se. Ouviram-se os suspiros de alívio de Irene e Baltazar. Irene abriu um sorriso maroto para Mozart.

— Não menti. Eu disse a verdade. "Não vi nenhum OVNI voando por aqui".

— Querido, desculpe. Não era minha intenção.

Dois dias depois Mozart recebeu as cópias do relatório, das fotos e foi até a casa da fazenda.

— Bom dia, major.

— Bom dia, senhor Mozart. Sente-se. Trouxe o relatório e as fotos?

— Sim, estão aqui.

— Deixe-me ver.

O relatório e as fotos omitiam os dados sigilosos, lógico. Relatavam entrevistas com os moradores, fotos tiradas por alguns moradores, fotos da cidade e periferia. Mozart aguardou pacientemente a análise do major.

— Nada acrescenta às histórias que me contaram nesta cidade. Pelo que sei, o senhor esteve em outras cidades e em outros países. O senhor não chegou a alguma conclusão? Há pessoas que juram que entraram nesses discos e viajaram neles. O que eu quero saber, senhor Mozart, é por que, uma pessoa como senhor, viajado pelo mundo, com uma bagagem de anos sobre assunto, me traz somente um escrito e fotos sem qualquer consistência. Onde estão as fotos do disco? Não há nenhuma aqui. O senhor deve saber muito mais do que está falando.

Mozart sentiu um calafrio, lembrou-se das cópias que tirou, mas as entregou ao Edvard. Começou a preocupar-se com a insistência do major. "Será que ele sabe? Será que alguém lhe contou alguma coisa sobre as atividades do laboratório de Terra Verde?". Pensou no Índio, mas logo o tirou da ideia. Pensou em Jarbas, Edvard... "Será que Edvard é um agente duplo ligado ao governo militar e contou sobre a nossa frustrada visita à colina?".

— Major, a minha função é encaminhar para o Centro todo material a respeito do assunto. O senhor é uma pessoa esclarecida e lhe pergunto: o senhor acredita que existam os discos voadores? Será que as aparições não são fruto de imaginação? Não será uma espécie de hipnose que atinge certas pessoas de uma sociedade ou uma coletividade?

— Senhor Mozart, o senhor está respondendo minhas perguntas com perguntas. Eu quero respostas. Parece-me que o senhor está se esquivando de esclarecer os fatos, não?

— Desculpe, major. Não foi minha intenção.

— Senhor Mozart, eu já vi esses objetos por duas vezes e lhe garanto que não foi ilusão. Eu estava acompanhado de pessoas que também viram e confirmam. Imaginei que o senhor pudesse trazer-me informações mais concretas a respeito. Obrigado pelo material e passe bem. Se o senhor tiver outras informações a respeito, por favor, agradeceria que me trouxesse.

— Com prazer, major. Passe bem.

Mozart retirou-se preocupado e comentou com Índio, Irene e Baltazar.

— Ele é um militar em busca de informações — disse Baltazar. Cumpre ordens. Só não consigo atinar que tipo de informações realmente ele busca. Deve ser segredo militar ou apenas interesse próprio sobre os OVNIS. Ele disse que viu discos voadores.

Depois desse incidente, Mozart resolveu visitar os pais de Irene e pedir a mão dela em casamento. A cidade de Louzada era bem maior que Terra Verde e contava com cem mil habitantes, setenta por cento citadinos. O movimento era intenso nas ruas e apresentava melhor condição de vida para a população, com relação ao trabalho, consumo e diversão, com mercados, muitas lojas com variedade de mercadorias, um cinema, teatro, parque de diversão e, não poderia faltar, um jardim com fonte e coreto.

Na casa dos pais de Irene foi bem recebido pelo casal e irmão de Irene. Comunicou aos futuros sogros que, dado o pouco tempo de estadia em Terra Verde, o casamento teria que se realizar o mais breve possível. A notícia não agradou a mãe de Irene que, aos prantos, não se conformava com o casamento. Muita conversa, muitas explicações corroboradas por Irene acabaram convencendo dona Berta, mas...

— Minha filha, vocês se conhecem há tão pouco tempo e já falam em casar. Não seria bom esperar alguns meses para se conhecerem melhor?

— Ora, mamãe. Nós já nos conhecemos há bastante tempo, não é meu bem?

— Oh! Sim — respondeu Mozart. Há bastante tempo, dona Berta. Sorriu e beijou sua testa.

O senhor Claudomiro, pai de Irene, foi mais receptivo e abençoou o casal. Marcaram o casamento para dali a duas semanas. Felizes pelo consentimento dos pais de Irene, resolveram passear pela cidade de mãos dadas, alegres como duas crianças que acabaram de ganhar um presente. Voltaram a Terra Verde ao anoitecer. Encontraram Juracy trêmula, quase em estado de choque.

— Levaram o senhor Baltazar.

— Levaram para onde? Quem o levou?

— Dois homens estiveram aqui, entraram no quarto do senhor e depois foram embora.

Mozart subiu correndo até seu quarto. Estava todo revirado. Gavetas e armários abertos, roupas no chão. Deu falta da sua máquina fotográfica. Sentiu um calafrio, preocupado com Baltazar. Índio apareceu. Juraci o havia comunicado sobre a invasão.

— Só pode ter sido o major Barreto. Vamos até a fazenda.

Foram recebidos pelo major sentado à mesa, com cara de poucos amigos. Baltazar, sentado numa cadeira, estava escoltado por dois soldados.

— Major, não estamos entendendo esse procedimento. Gostaríamos que o senhor nos explicasse.

— Não tenho que lhe dar satisfações. Estou cumprindo ordens, mas posso adiantar que o Centro – CPOVNI está sob investigação. Há provas de que o Centro mantém elementos contra o regime militar, publica e vende notícias subversivas às faculdades.

Levantou-se como querendo terminar a conversa.

Diante do modo grosseiro do major, Mozart sentiu uma revolta contra o tratamento áspero. De repente, sentiu uma calma e uma força estranha. Postou-se frente ao major, dedo em riste, olhou direto nos seus olhos e num tom alto e firme falou:

— Major, não somos crianças!

O Major dispensou a escolta de Baltazar.

— Nós e o senhor somos pessoas responsáveis e o parabenizo pela sua tentativa de cumprir ordens do Comando Militar a quem o senhor deve obediência total e irrestrita. Digo mais, obediência total e irrestrita, também, ao governo dos Estados Unidos que aprontou esta revolução no Brasil para atender seus interesses e evitar a disseminação do regime comunista na América do Sul. Portanto, o senhor obedece aos americanos. Isso envergonha nossa Pátria. Não se esqueça, major, que as atitudes arbitrárias cometidas pelas forças do governo contra nós não justifica o seu modo grosseiro de tratar as pessoas sem o devido respeito.

Major Barreto ficou mudo, estático, desarmado.

— O senhor mesmo está sofrendo na própria pele, como empregado do governo militar, como capacho do Tio Sam e não reage. O senhor é casado, tem filhos, sua mulher o abandonou por problemas com a sua profissão, seus irmãos e parentes, e sua filha está com paralisia infantil, sem tratamento especializado no Brasil e lhe falta condições para levá-la ao exterior para tratamento. Para que tudo isso? Em nome de quem esse seu sacrifício? Em nome da soberania deste país? Soberania sob o poder americano, não é soberania. Seus olhos, major, seus olhos contam tudo, não guardam segredos. O senhor tem sofrido no cumprimento de suas obrigações, impostas por seus chefes autoritários, reprimindo seus sentimentos de justiça, descuidando da sua própria família. Sei que o senhor tem sofrido muito com o seu senso de justiça bloqueado pelo regime. Não o estou criticando, estou criticando o sistema e o senhor faz parte desse sistema. Se o sistema não muda, mude o senhor.

Major Barreto manteve-se calado, olhos fixos em Mozart.

— Por último, major, o senhor está desinformado. Contate seus superiores, pois a intervenção no Centro já terminou e não foram encontradas quaisquer irregularidades. Por favor, libere o senhor Baltazar, devolva minha câmera e passe bem.

Calado,o major entregou a câmera que estava sobre a mesa.

— Índio, Baltazar, Irene, vamos embora daqui. Viraram as costas e voltaram ao hotel. Os três estavam mudos, aguardando explicação de Mozart. Mozart pediu uma xícara de café. Irene quebrou o silêncio.

— O que deu em você, criatura, para enfrentar o major? Você ficou doido? Pode haver um revide. Como você soube do Centro e da vida particular do major?

— Não se preocupe. Não haverá revide. Não sei como aconteceu, mas aconteceu. Algo me forçou à agir daquela forma. Não sei como, mas minha mente mandava atacar em vez de defender. As palavras, simplesmente, saíam da minha boca. Não pensei nelas para falar. Acho que deu certo.

Não questionaram mais sua atitude.

Dia seguinte, às oito horas da manhã, uma viatura militar com dois soldados estacionou na porta do hotel. Mozart foi acordado às pressas por Juracy.

— Mozart, a polícia está lá embaixo.

— Quem está com eles?

— O senhor Baltazar e Irene.

— E Índio?

— Ficou em casa, mas já mandei avisá-lo, deve chegar logo.

— Bom dia.

— Bom dia, Sr. Mozart, o major Barreto precisou viajar para a capital e nos pediu para lhe entregar as coisas que foram tiradas do seu quarto. Deixou também uma carta para o senhor.

— Obrigado. Pode informar-me quando o major retorna?

— Sinto muito, mas ele não disse quando volta.

O envelope estava endereçado a Mozart com uma observação: "particular". Colocou o envelope no bolso. Iria ler mais tarde. Índio apareceu e Irene o colocou a par do que aconteceu.

Índio comentou:

— Estive com o major, ontem à noite. Voltei à fazenda e o convidei para uma cerveja no Bar do Zeca. Sinceramente, fiquei chocado com a conversa que ouvi dele.

Passou pela mente de Mozart um pensamento de desconfiança: "Índio convidando o major para uma cerveja. Que intimidade é essa?".

Índio parecia chateado com tal encontro, permaneceu calado por instantes, suspirou...

— Percebi que o major estava tenso. Evitei falar sobre o nosso encontro na fazenda, mas ele percebeu meu silêncio e falou:

— Senhor, senhor...

— Marco, mas me chame de Índio. É como me conhecem.

— Índio, sou obrigado a esquecer minha patente, minha autoridade e me despojar do fardamento da arrogância que venho usando há um bom tempo. Devo expressar minhas escusas a todos vocês. Há alguns anos constitui família, esposa e três filhos, mas acho que até hoje não fiz parte dela, preocupado em obedecer às ordens superiores, ordens para repressão de manifestantes descontentes, para castigos em quem se manifestasse contra o governo. Minha formação militar nunca me permitiu extravasar meus sentimentos, massificando minha mente. Sempre cumpri ordens, fiz meu dever, mas no atual regime, os poderes constituídos extrapolam na força para controlar as pessoas exaltadas contra o governo. Não existe diálogo: ou obedece ou aguenta as consequências. Expedem normas de repressão, amordaçam o povo, matam com acusações injustas, não permitem defesa dos que gritam por justiça.

— Estranhei as palavras do major Barreto. Tais palavras só poderiam sair da boca de uma pessoa honesta, de bons sentimentos e não de um militar. Continuou falando.

— Minha família sempre ficou em segundo plano. Para complicar mais ainda minha vida, o filho da irmã da minha esposa, meu sobrinho, estava na reunião da UNE, quando foi invadida pelas forças armadas. Não pude fazer nada. Foi preso pelo DOPS, encarcerado no DOI-CODI e nunca mais o vimos. Isso custou a minha vida conjugal.

Percebi lágrimas em seus olhos.

— Deixei uma carta para o Sr. Mozart. Vai ser entregue amanhã junto com os pertences tirados do seu apartamento. Fui admoestado por ele com palavras duras. Agradeço a ele por essas palavras, pois abriram meus olhos para a irrealidade em que vivo neste país.

Ouvi atentamente. Aproveitei um intervalo e comentei:

— Major Barreto, na vida temos escolhas, mas nem sempre elas são corretas, as desejadas, mas sempre temos chance de mudar. Não quer dizer que a mudança será para melhor, mas mudar nos dá a chance de experimentar, modificar, melhorar e, se precisar, voltar atrás. Independentemente das escolhas, é muito importante a decisão a ser tomada e sempre deverá ser tomada, nunca se acomodar. Observo, por suas palavras, que o senhor está tentando mudar para se livrar da tormenta que o aflige no momento.

Faço votos que consiga.

— Senhor Marco, eu tenho inveja e admiro a vida do nosso povo. Nos momentos de sofrimento reage, recompõe-se, leva a vida para frente. Nos momentos de opressão, de abusos, movimenta-se e todos são solidários.

— Essa foi a conversa que tive com o major. E a carta? O que diz ela?

— Vou ler agora.

"Sr. Mozart, como militar deveria impor-lhe sanção por desrespeito em enfrentar uma autoridade. De início, tomei como crítica ao governo. Porém, como ser humano e tendente a respeitar opiniões dos meus semelhantes, senti que era dirigida a mim. Permita-me agradecer-lhe o enfrentamento, pois colocou-me na defensiva contra os desmandos do nosso regime. Confirmei o encerramento da intervenção no Centro. Informo-lhe que sigo até a Capital onde vou pedir baixa imediatamente e voltar à vida civil. Obrigado.

Antonio Barreto de Souza.

P.S. Infelizmente o senhor foi presenteado com um 'fantasma' do DOPS. Culpa minha. Mantenha-se na linha por uns três meses que ele desaparece".

— Fantasma? — estranhou Irene. Por que um fantasma?

— Minha querida, fantasma é um agente do DOPS que vigia pessoas para descobrir atividades clandestinas. Você não sabe quem é, mas ele está sempre presente onde você estiver. É uma invenção antiga, todos os governos têm seus "fantasmas".

— Credo, não vou gostar de vê-lo acompanhado de um fantasma.

Irene sorriu. Índio comentou:

— Mozart, queime essa carta. Não deixe quaisquer vestígios. Alguém pode utilizá-la para uma possível retaliação contra o major.

Os dias que se seguiram foram consumidos nos preparativos para o casamento. Dona Zilda, a costureira da cidade, confeccionou o vestido da noiva em tempo recorde e o senhor Odivaldo, alfaiate, conceituado na região, aprontou o smoking de Mozart, bem talhado. Entre compras na cidade, idas e vindas ao cartório e igreja, tudo ficou pronto em poucos dias. A cerimônia estava marcada.

De manhã foi uma cerimônia simples no cartório. À tarde, na igreja, compareceram os pais e parentes de Irene, os padrinhos Índio e Baltazar. À noite, um jantar no hotel com a família de Irene e alguns convidados, amigos do Índio, Baltazar, e, para surpresa de todos, chegaram Dr. Andersen e Edvard. Mozart e Irene abraçaram emocionados os recém-chegados.

Sábado, dezessete de setembro de mil novecentos e oitenta e oito. Foram trinta e sete dias em Terra Verde que mudaram por completo a vida de Mozart. Em trinta e sete dias tornou-se escritor, viajante espacial ultrapassando barreiras no espaço, visitou uma galáxia distante, conheceu um planeta parecido com a Terra e se casou com a mulher mais linda do Universo. Adquiriu conhecimentos incríveis e era responsável para transmitir ao mundo esses conhecimentos, tomar providências para minimizar os efeitos cataclísmicos que poderão ocorrer.

Irene e Mozart aceitaram o convite do Dr. Andersen e foram passar a lua de mel na capital. Vinte dias de amor e passeios, passeios e amor. Alegria e felicidade juntaram-se para saudar o jovem casal.

Para a primeira palestra, o Dr. Carlos Andersen convocou quarenta cientistas, sendo quinze cientistas "voluntários", quinze "escolhidos" e dez indicados. Foi realizada no salão nobre do Centro, sem a presença da imprensa. Cada cientista "escolhido" e "voluntário" apadrinhou um indicado e se responsabilizou por ele. Alguns cientistas indicados reclamaram por não terem recebido a pauta a ser tratada e questionaram o porquê da proibição da imprensa. Argumentaram que a imprensa é necessária em eventos importantes para divulgação dos temas tratados. Os padrinhos, responsáveis pela indicação dos reclamantes tentaram explicar a importância da não divulgação.

Em resumo, a pauta abrangia: apresentações pessoais; o que é o Centro e quais são os seus objetivos; exposição dos acontecimentos futuros no planeta; as consequências desses acontecimentos; os sinais precursores desses acontecimentos; a transferência dos conhecimentos para todos os participantes.

Edvard e Irene foram assistentes. Mozart Recebeu a programação com a recomendação de expor, sucinta e objetivamente os temas, de forma que todos os cientistas assimilassem os conhecimentos transmitidos. Irene e Edvard, responsáveis pelo projetor e gravação, estavam a postos. O silêncio tomou conta do salão. Mozart cumprimentou os presentes e cada um se identificou pelo nome e local de procedência. Dr. Andersen tomou a palavra.

— Prezados senhores, espero que todos obtenham nesta reunião, além dos conhecimentos que serão transmitidos, a conscientização da responsabilidade de cada um dos senhores ante a transformação que vem passando este planeta. Alguns séculos nos separam do possível cataclismo que irá ocorrer com essa transformação. Então, por que esta reunião com tanta antecedência? Na verdade estamos com décadas de atraso e caberá aos senhores minimizar os efeitos dessa transformação. Por último recomendo que o que for aqui exposto permaneça em absoluto sigilo, sua divulgação será feita quando chegar a hora. O Sr. Miguel Mozart da Silva tem informações diretas e mais objetivas.

O Mozart olhou em silêncio a plateia, respirou fundo, esfregou as mãos para afastar o nervosismo e começou falar.

— Somos uma ONG denominada CPOVNIS — Centro de Pesquisa de Objetos Voadores Não Identificados, ou seja, discos voadores. Nossa atividade está dividida em três setores: comércio, pesquisa e ajuda humanitária. A atividade comercial é baseada nos materiais coletados em vários lugares da Terra: fotos de OVNIS, mais conhecidos por "*discos voadores*" e depoimentos de entrevistados que alegam terem visto e mantido contato com discos voadores. Esses materiais são selecionados, vendidos para revistas, jornais e outros interessados no assunto. A parte da pesquisa abrange todas as áreas científicas da Terra e de outros planetas para descobertas que propiciem melhor meio de vida a todos. A humanitária é praticada por nós nos planetas em desenvolvimento desta e de outras galáxias, com a participação de profissionais da saúde, fornecimento de remédios e assistência na área de alimentação.

Certo tumulto tomou conta da plateia, com os cientistas indicados, e Mozart percebeu ares de desconfiança e descrédito nas manifestações.

— Percebo que causei um certo desconforto nos senhores quando mencionei "em vários planetas desta e de outras galáxias". Peço que tenham um pouco de paciência e entenderão o que digo. Temos Centros e Laboratórios em todos os países. Cada Centro é gerenciado por um "alienígena", procedente do planeta Ekron, existente na galáxia Traslidi, muitos anos-luz distante de nós.

Novamente, alguns sorrisos de desdém e atitudes de impaciência na plateia. Irene acionou o projetor mostrando as imagens de Ekron e Traslidi, o que acalmou um pouco alguns participantes.

— Gostaria que os "escolhidos" e "voluntários" conversassem um pouco com seus convidados. Dou-lhes quinze minutos.

Houve acomodação na plateia. Mozart discorreu sobre Ekron, as atividades dos Laboratórios, permanência dos alienígenas na Terra...

Enquanto as imagens surgiam na tela, os conhecimentos iam sendo injetados na mente dos cientistas por um processo subliminar. Desta forma, a explanação de Mozart tornou-se mais fácil e aguçou o interesse dos convidados. Alguns ainda se mostravam descrentes. Foram projetadas imagens de um disco voador com sua cabine, instrumentos de voo, como operá-los, e suas manobras no espaço sideral. Foram exibidas as Estações de Apoio sediadas na nossa galáxia e a Estação Orbital Kappa 315 próxima da Terra. Por último, foi mostrado como chegam até o nosso planeta, trajeto e distância percorridos.

— Meu nome é Gilberto de Castro Dorneles, Sr. Mozart. Pelo que sei, o governo tem conhecimentos sobre os OVNIS e alienígenas, então por que a nós, cientistas, está sendo dada essa incumbência? Não seria o caso de vocês se revelarem à população da Terra, acionar a imprensa mundial que tem acesso a todas camadas, povo e governantes? Os governos podiam impor sanções àqueles que vêm devastando de forma indevida os recursos naturais do planeta e, assim, interromperia o andamento dessa transformação devastadora.

— Na realidade, o povo e o governo não estão preparados para a essa missão. Imagine o tamanho do nosso planeta e todos os locais que necessitam de cuidados, que estão sendo devastados, sugados, deteriorados. Pessoas de mente aberta, conscientes, de forma individual ou pertencentes a comunidades de defesa do meio ambiente, como algumas organizações não governamentais, não têm dado conta do recado. Os responsáveis pelo planeta estão alheios a realidade por ignorância ou interesses escusos. Avisos são expedidos a toda hora, alertando para os problemas que virão em decorrência dessas agressões e se furtam de tomar as providências necessárias. Um dos motivos que impede nossa revelação, neste momento, é o fato dos governos gastarem fábulas construindo potentes, telescópios, sondas espaciais, imaginando a possível existência de vida em outros planetas. Não aceitariam a ingerência de outras civilizações no nosso sistema, não estão ainda preparados. Daí a importância do trabalho que os senhores terão a partir de agora. Toda essa parafernália construída para vasculhar o Universo só tem alimentado o ego de um punhado de pessoas dos altos escalões dos setores público e privado. Bastaria apenas um equilíbrio e boa vontade das forças que governam os países, respeito à natureza e conscientização para o uso controlado dos recursos que ela oferece para inverter os danos causados ao planeta. A partir desse momento, então, o povo da Terra teria contato conosco.

As palavras de Mozart dominaram a plateia.

— Se assim fosse, adicionando respeito e conscientização ao progresso tecnológico até aqui alcançado, muito mais teria sido descoberto sobre o Universo. O planeta teria atingido um alto grau de equilíbrio e teríamos nos revelado. Infelizmente, alguns nomes só vem cifrão nas descobertas. O descaso com a saúde do planeta e da população carente retarda o seu desenvolvimento. Sugam e não dão o devido retorno. Justificam a necessidade das matérias-primas para o progresso sem se importar com o esgotamento das suas reservas. Há razões para essas justificativas, porque a Terra faz parte do rol de planetas em desenvolvimento, chamados de planetas de "provas e expiações", onde a divergência entre seus habitantes é gritante. A maioria aqui está para se redimir das faltas cometidas no passado em outras vidas.

— Yohan Trade. Sr. Mozart, estou sentindo minha cabeça quase estourar com tanta informação. Como vou lembrar de tudo que estou aprendendo? Será que estamos passando por uma sessão de hipnose coletiva em nome de uma situação fantasiosa criada pelo Centro com finalidades comerciais?

— Dr. Trade, estamos ainda na primeira parte da palestra. Dou-lhe razão por duvidar. Só lhe peço que aguarde mais um pouco e terá todas as respostas.

— Gilberto Donovan da Silva. Como bem disse o Dr. Yohan, acho tudo isso fantasioso, uma verdadeira pantomima. Discos voadores são frutos de uma alucinação popular. Não existem realmente, e alienígenas somos nós mesmos. Essa decantada transformação da estrutura do nosso planeta vimos estudando há anos e é uma situação cíclica que o corre de tempos em tempos. Não temos conhecimento de que irá ocorrer tão já. Acho que estamos aqui perdendo nosso precioso tempo. Mais ainda, o senhor está misturando fantasia com religião, como o senhor acabou de falar.

Houve um certo tumulto na plateia.

— Respeito sua opinião, Dr. Donovan, mas peço-lhe mais alguns minutos. Depois da explanação final conversaremos.

Durante um breve intervalo para o café, Mozart questionou Dr. Péricles, padrinho do Dr. Donovan, e este convidou seu afilhado para um bate-papo. Segredou-me depois que o Dr. Nonovan é um pouco instável, mas totalmente confiável e vai acabar entendendo tudo.

— De posse desses conhecimentos, os senhores serão portadores da responsabilidade já comentada. Os senhores terão a incumbência, a partir de agora, de repassar esses conhecimentos a outros cientistas formando, assim, uma corrente solida nesta geração e nas próximas.

— Sr. Mozart. Eu estou com setenta anos de idade. Não vou viver até cem anos, e como fica minha posição nessa história toda?

— Doutor, doutor...

— Guillaumon.

— Dr. Guillaumon, os conhecimentos que o senhor obtiver aqui serão requisitados no momento certo por pessoas que deles necessitarem no seu devido tempo. Estes passarão para outros e assim por diante. O senhor saberá como e quando, pois o senhor é um elo dessa corrente.

Mozart Continuou.

— Para ilustrar o que poderá ocorrer com nosso planeta no futuro, vamos exibir um documentário sobre uma das transformações ocorridas com o planeta Ekron há duzentos e cinquenta mil anos.

Irene acionou o projetor.

A palestra adentrou a noite com projeções e discussões dos temas levantados pelos cientistas. Mozart estava satisfeito por ter alcançado o objetivo proposto na palestra e sentiu que conseguira convencer os apadrinhados e engajá-los na comunidade.

— Agradeço a presença de todos e informo que os "escolhidos" e "voluntários" têm outras informações para transmitir aos seus convidados.

Alguns cientistas se juntaram ao Dr. Andersen e Edvard. Mozart não viu Irene.

— Edvard, Onde está Irene?

— Saiu há pouco. Disse que voltaria logo. Talvez tenha ido ao toalete.

Hora e meia depois estavam todos apreensivos com a ausência de Irene. Não estava no sanitário feminino. Ligaram para o hotel. A recepcionista informou que as chaves estavam no painel. O Centro foi vasculhado metro por metro. Correram à sala de controle onde era gravado movimento de todo o Centro por câmeras colocadas em lugares estratégicos. Viram Irene deixando o projetor para Edvard e seguir em direção à biblioteca. A fita mostrava Irene entrando na biblioteca, não mostrava sua saída. A câmera interna da biblioteca estava desativada, o que intrigou Dr. Andersen. Correram todos para lá. A sala estava com as luzes acesas e vazia. Um tremor tomou conta de Mozart. Sua respiração falhou e seu coração começou a bater descompassado. Temia que algo de grave tivesse acontecido a Irene.

— Edvard, explique exatamente o que Irene falou. Por que ela deixou você no projetor?

— Não sei por que. Simplesmente ela se levantou e disse: "Volto já". Sentei-me junto ao projetor. Só isso. Não falou mais nada e saiu rapidamente.

Voltaram à sala de controle. Edvard os seguiu. Aparentava preocupação com o desaparecimento de Irene. Rodaram a gravação várias vezes esperando ver alguma falha no sistema. Mas não. A gravação estava perfeita. Ela entrou na biblioteca, mas não saiu.

Dr. Andersen solicitou uma varredura completa em todo o Centro, principalmente na biblioteca, para encontrar algum vestígio do seu desaparecimento. Nenhum vestígio.

Voltaram ao Centro de Controle, em uma sala à parte, onde uma enorme tela projetava toda a cidade e seus bairros. Um verdadeiro mapa virtual comandado por uma sofisticada aparelhagem. Foi esquadrinhado centímetro por centímetro de toda a cidade. Segundo Dr. Andersen, a energia corporal magnética, a aura de Irene, seria detectada pelos aparelhos. Em poucos minutos nada foi detectado.

— Irene deve estar presa em algum lugar protegido por um campo refratário aos nossos aparelhos de rastreamento. Isso está me cheirando coisa de outro planeta.

Às vinte horas e dez minutos alguém chamou:

— Dr. Andersen, telefone para o senhor Mozart. Linha dez. A ligação foi colocada nas extensões do Centro de controle e Dr. Andersen numa delas.

O coração de Mozart disparou. Uma voz rouca feriu seu ouvido.

— Senhor Mozart, o senhor quer a sua Irene, não? Proponho uma troca justa: ela pelo senhor. O que me diz?

— Quem está falando? O que você quer? Cadê Irene? Deixe-me falar com ela.

— Calma, calma, senhor Mozart. Ela está bem. Quero saber se o senhor concorda com a troca ou não.

— Por que eu? Se é dinheiro que você quer, fale quanto, eu pago.

— Não é dinheiro que está em jogo. A troca: você por ela é que me interessa.

— Pode me dizer por que esse tipo de negócio? Não estou entendendo. Não valho nada para vocês.

— Vale sim, senhor Mozart.

— Deixe-me falar com Irene.

— Ela está em outro lugar. Dentro de uma hora ligo para saber sua resposta.

Desligou.

A ligação foi rastreada e localizada, não muito distante do Centro: uns cinco quilômetros de distância. Todos estranharam o preço do resgate de Irene, menos Dr. Andersen. Foi acionado todo corpo de segurança do Centro e foram até o local da chamada. Era um bar bem movimentado. Os agentes se infiltraram no bar com cautela. Segundo o balconista, alguém usou o telefone, mas não soube identificar quem foi. Voltaram ao Centro. Dr. Andersen pediu o controle de entrada e saída de veículos. Todos os veículos que entraram e saíram estavam devidamente autorizados pelo Sistema de Segurança. Convocou o Chefe da Segurança para uma reunião rápida em seu gabinete, às portas fechadas.

— Mozart — disse o Dr. Andersen. Se ele insiste em trocar Irene por você, o motivo, de fato, não é dinheiro. É outra coisa muito mais valiosa. Imagino que ele saiba demais a seu respeito. Talvez ele queira os seus conhecimentos, sua mente, sua memória. Deve ser algum alienígena ou, o que mais receio, alguém ligado ao Centro. Acho que ele quer copiar os conhecimentos que você adquiriu.

— É possível isso?

— Sim. É possível.

— Se é isso que eles querem, eles terão, mas terão que libertar Irene.

— Calma, Mozart. Para termos certeza se é isso mesmo, vamos fazer o seguinte: no próximo telefonema, diga-lhe, com voz firme, demonstrando bastante segurança, que você sabe o que realmente ele quer. Pergunte se ele aceita uma cópia fiel, um registro eletrônico dos seus conhecimentos. Eles serão transferidos para a mente dele sem nenhuma dificuldade. Se de fato for isso que ele quer, vamos saber no próximo telefonema. Os seus conhecimentos serão retirados de seu cérebro por intermédio de um fio especial de luz e gravados numa célula que será implantada no cérebro da pessoa. Essa gravação não prejudica o titular dos conhecimentos e são ativados na mente do receptor, também, sem problema ou efeitos colaterais. Se eu estiver certo, deve tratar-se de alguém que tem conhecimentos tecnológicos a exemplo dos Ekronianos. Pode ser um alienígena Zetaiano ou...

— Ou?

— Algum "escolhido", o que não acredito. Alguém que tenha sofrido alguma alteração psicológica profunda, involuntária ou provocada por algum ser de outro planeta interessado nos conhecimentos.

— Ou "voluntário"?

— Não, Mozart. O "voluntário" está imune a qualquer tipo de alteração.

— Então pode ser alguém deste Centro.

Mozart pensou em Edvard, mas apagou o pensamento. Ele estava no Centro quando o telefonema foi atendido.

— É possível. Vou pedir ao Departamento de Recursos Humanos que faça uma análise completa de todos os funcionários do Centro.

Uma hora depois o telefone tocou.

— Mozart...

— E aí, senhor Mozart, já decidiu? Seu tempo está esgotando.

— Não sei com quem estou falando, mas sei o você quer. Você quer a troca de Irene por mim, para extrair meus conhecimentos. Proponho fazer a troca de Irene pela célula contendo os meus conhecimentos e, ainda, boa quantia em dinheiro vivo: trinta mil dólares. O resultado é o mesmo, sem necessitar de mim pessoalmente. Tudo em completo sigilo. Concorda?

Houve silencio do outro lado.

— Alô, alô... Está me ouvindo?

Continuou o silêncio. Perceberam um leve cochicho no outro lado da linha.

— Aumente o volume da ligação, rápido.

Ouviram a conversa entre dois indivíduos.

"... a proposta é muito boa. A gente pega o dinheiro do chefe e desse tal Mozart, mas não precisa falar desse dinheiro. Precisamos convencer o chefe a aceitar essa coisa de célula, senão a vaca vai pro brejo. Se ele não aceitar, vai dar confusão. A gente pega o dinheiro do chefe e mata a menina..."

Mozart estremeceu com o que ouviu.

— Ligo depois, aguarde.

Desligou.

— Acho que deu certo — falou Dr. Andersen. Essa reação significa que quem está ligando não é o interessado. É um terceiro manipulado.

Novamente, a equipe de Segurança se locomoveu até o local do telefonema. Era uma boate de periferia. Ninguém sabia ou não quis informar sobre o autor da ligação.

Nilce, a diretora do DRH informou ao Dr. Andersen que fez uma análise profunda dos procedimentos e movimentação psicológica de todos os funcionários do Centro. Não percebeu nenhum desvio pessoal. A localização de cada funcionário estava em ordem. O DRH é um departamento com sofisticados instrumentos de controle físico e emocional de todas as pessoas que compõem o quadro de funcionários do Centro. Todos são monitorados a qualquer distância, suas movimentações e reações são computadorizadas, registradas num prontuário, cujo acesso só é permitido à diretora do DRH e ao diretor. Para trabalhar no Centro só pode ser "escolhido" ou "voluntário", e todos concordam em ser monitorados pelo Sistema de Prontuário.

— Dr. Andersen, venha até a biblioteca, por favor.

— O que encontraram?

— Uma saída secreta atrás desta prateleira. Ela se move conectada à prateleira e dá saída para o estacionamento. É antiga, não é usada há muito tempo. Procuramos impressões digitais e não encontramos nada.

— Significa sequestro com uso de força. Mas o que Irene foi fazer na biblioteca? Não consta dos registros que ela foi convocada para ir lá. Não deve ter ido por vontade própria. Estou muito preocupado. Onde está Edvard? Localize-o e peça para vir imediatamente. Preciso falar com ele. Afirmo que o nosso sistema de segurança é perfeito e somente um "escolhido" com motivos muito fortes pode burlar esse sistema.

A observação do Dr. Andersen lançou, de novo, dúvida sobre Edvard. Isso deixou Mozart triste e constrangido. Jamais aceitaria uma traição do Edvard.

Nilce informou que o turno dele havia terminado e ele se dirigiu ao apartamento. Recebeu o recado e estava voltando ao Centro.

— Dona Nilce, por favor, faça uma pesquisa rigorosa do comportamento de Edvard e me mande o relatório.

Dez minutos depois ele chegou. Dr. Andersen estava lendo o relatório e encarou Edvard. Mozart estava sentado à sua frente, tenso, temendo a confirmação de possível atitude suspeita. Edvard estava calmo.

— Edvard, desculpe trazê-lo de volta ao Centro, mas estamos muito preocupados com Irene e...

— Dr. Andersen, Mozart, eu estou completamente chocado com o que está acontecendo.

— Gostaríamos que você detalhasse o momento em que Irene deixou o projetor para entendermos como e por que ela foi até a biblioteca. Foi achada uma saída secreta na biblioteca por onde ela foi sequestrada.

Edvard abriu a boca de espanto e balbuciou:

— Meu Deus! Como isso foi acontecer? Tenho usado a biblioteca e nunca soube dessa saída.

— Então diga-me detalhadamente sobre a saída de Irene.

— Foi o que já falei. Simplesmente ela se levantou, olhou para mim e disse: "Volto já".

— Você não percebeu algo estranho no modo dela falar "volto já", no seu modo de se levantar da cadeira, de andar? Se estava lúcida ou sob algum efeito de alucinógeno? Algo que possa ajudar a entender a atitude dela?

— Não. Eu estava entretido com o final da palestra do Mozart. Sentei-me e não acompanhei de vista Irene. Sinto muito, mas não tenho mais nada que possa ajudar. Vou ficar aqui no Centro e fazer no que estiver ao meu alcance.

— Não há necessidade, Edvard. Já estamos tomando todas as providências para resolver a situação. Vá descansar. Amanhã veremos o que fazer.

Mozart respirou fundo, aliviado por Edvard não estar comprometido com o sumiço de Irene.

— Dr. Andersen, o relatório da Nilce encontrou algo em Edvard?

— Nada. Edvard está limpo. O relatório mostra procedimentos corretos, sem qualquer alteração. A não ser que, volto a afirmar, a não ser que alguém, muito inteligente, talvez extraterrestre, tenha entrado no sistema do DRH e esteja manipulando algum "escolhido". É impossível corromper o DRH e isto me deixa um pouco tranquilo com relação a Edvard.

Pela terceira vez o telefone tocou.

— Sr. Mozart, estive analisando sua proposta e achei viável, contanto que haja garantia da entrega da célula e do dinheiro sem quaisquer complicações. Se houver qualquer movimento estranho por parte de vocês, farei o transporte de Irene para minha nave.

— Deixe-me falar com ela. Preciso saber se ela está bem.

— Nada feito, Mozart. Ela não está aqui, mas dou-lhe minha palavra que ela está muito bem. Ligarei novamente para dar as coordenadas para a troca. Não movimente a Segurança ou a polícia ou teremos nova habitante no meu planeta.

Desligou.

— Mozart, essa conversa de "meu planeta" não me convenceu, não passa de conversa encomendada.

Pela terceira vez a Segurança esteve no local do telefonema: uma casa noturna, e o resultado foi o mesmo.

— Na próxima ligação, diga que você precisa de quarenta minutos pra embalar a encomenda.

A espera foi tensa demais para Mozart. A espera e muitas horas sem dormir estavam deixando seus nervos em frangalhos. Dr. Andersen mantinha-se calmo. O telefone tocou pela quarta vez.

— Senhor Mozart, deixe a encomenda debaixo do toldo da livraria da Rua Constantinopla, número quinhentos e oitenta e se afaste cem metros. Aguarde quinze minutos e volte para pegar o endereço onde está a sua Irene.

— Não senhor, não concordo...

— Shiiii — manifestou-se Dr. Andersen. Concorde com ele.

— Está bem, estarei lá em quarenta minutos.

Ao lado deles estava Mario, um dos engenheiros do Departamento de Segurança. Mario colocou o mapa da cidade sobre a mesa e comentou:

— Querendo despistar, os sequestradores cometeram um erro grave. Observem os locais e horários das ligações feitas, em termos de distâncias e horários aproximados:

20:10 — ligação feita a quatro quilômetros e quinhentos metros do Centro, direção leste.

21:05 — ligação a seis quilômetros e quinhentos metros, direção sul.

23:45 — ligação a oito quilômetros, direção oeste.

02:00 — ligação a nove quilômetros e meio, direção norte.

— Os telefonemas foram feitos mais ou menos nas mesmas distâncias do Centro e formam um quadrado irregular. Se ligarmos as linhas teremos um ponto central com uma margem de erro de um quilômetro e meio de cada lado, conforme meus cálculos. Temos a localização aproximada do cativeiro. É nesta quadra do mapa, a pouco mais de cinco quilômetros, bem perto daqui. Nessa área há este imóvel antigo sobressaindo e está desabitado. Sugiro um cordão de isolamento num raio de dois quilômetros do casarão e agirmos imediatamente.

Quinhentos agentes no maior silêncio, uniformizados de preto, foram posicionados no local, formando um cordão humano na quadra inteira. Não foi acionada a polícia. A diretora Nilce ligou via rádio.

— Dr. Andersen, mantive o prontuário de Edvard em funcionamento e estou recebendo ondas de desvio psicológicos e de comportamento muito acentuados, estranhos. Ele não está no apartamento, está a uns quatro quilômetros do Centro.

— Obrigado, Nilce. Mantenha a gravação do prontuário e me informe.

Nessa madrugada, Edvard entrou no esconderijo com uma sacola contendo notas de dólares. Conversaram sobre o andamento da operação. Edvard aparentava preocupação, sentia que alguma coisa não estava certa. José Violante estava alterado e exigiu receber o restante do valor combinado. Ficaram discutindo por algum tempo sem chegar a um acordo. Por fim, Edvard falou que daria mais mil dólares e o restante seria entregue depois de terminada a operação. Então, José Violante comentou a alteração da troca: em vez de Mozart seria uma célula com os conhecimentos. Edvard se alterou e irritado gritou:

— Que ideia maluca é essa de célula? Não foi isso que combinamos. O trato é Mozart em troca de Irene e você vem com essa conversa de mudar os planos? Não aceito. Ligue para o Mozart e diga que mudou de ideia e que você não quer essa tal de célula.

— Escute aqui, seu fulano. Ele afirma que o resultado é o mesmo, não vou ligar, desfazer o que combinei. Ou você aceita, ou acabamos nosso acordo já. Vou embora e levo a menina como refém para resgate.

— Espera aí, acho que vocês negociaram com ele, seu fdp.

— Vai ficar como combinei. Se não lhe agrada, o problema é seu. Fizemos nosso trabalho, passe pra cá o dinheiro.

— Isso não vai ficar assim, não!

Edvard sacou seu revólver, o outro comparsa atirou-se contra ele, derrubando-o, e a arma caiu no chão. Edvard tentou levantar-se, mas José Violante deu-lhe dois tiros, pegou a bolsa com o dinheiro e os dois saíram correndo, deixando Irene.

— Dr. Andersen, as ondas mentais de Edvard estão ficando cada vez mais intensas e descontroladas. Estão desaparecendo!

Mozart ouviu a conversa e seu sangue gelou. Sentiu uma tontura e procurou se recompor. Sua cabeça começou a latejar.

Dr. Andersen deu ordem para avançar sobre o ponto determinado por Mario. O cordão de agentes foi apertando o cerco, quando ouviram os tiros. Mozart e Dr. Andersen correram para o casarão e deram de encontro com os dois sequestradores. Dr. Andersen tirou um aparelho do bolso e emitiu um raio paralisando-os Ouviram Irene gritando por socorro. A sala mal iluminada mostrava um corpo no chão com um capuz cobrindo a cabeça, e Irene presa numa pequena cela, envolta num tecido transparente. O corpo foi levado para uma ambulância.

A operação foi rápida e silenciosa, a não ser pelos tiros que devem ter acordado a vizinhança. Nada mais que quinze minutos para libertar Irene. Nilce ligou, perturbada, informando que as vibrações de Edvard haviam cessado completamente. Irene seguiu em uma ambulância rumo ao Centro.

Um enfermeiro testou a pulsação do encapuzado e confirmou a morte. Retirou o capuz e, apesar de já pressentirem de quem era o rosto, ficaram transtornados. Era Edvard com um tiro na testa e outro no peito.

Uma viatura policial parou ao lado da ambulância. Nesse momento todo o corpo de vigilantes havia desaparecido. Um policial dirigiu-se ao Dr. Andersen:

— Que diabos está acontecendo aqui? Ligaram para a Central informado sobre um tiroteio nesta rua. E a ambulância pra que é?

Dr. Andersen dirigiu-se à viatura, cumprimentou os policiais e explicou:

— Houve sequestro e morte de um dos sequestradores. Encaminhamos a vítima ao hospital e prendemos dois dos sequestradores. O terceiro foi encaminhado ao IML. Tudo resolvido, boa noite, senhores.

— O que houve com os policiais?

— Apenas dei-lhes uma dose de esquecimento.

Irene ainda estava assustada, tremendo. Mozart abraçou-a, beijou e sussurrou: "Acabou. Está tudo bem". Deram-lhe um calmante e adormeceu.

No Centro, os dois sequestradores foram colocados em cadeiras com capacetes e fios ligados a uma aparelhagem complexa em frente a um grande monitor. O primeiro deles foi interrogado pelo chefe da Segurança.

— Qual é o seu nome?

— José Violante.

Pela voz era ele quem fazia as ligações.

— Qual é sua profissão?

— Sou mecânico. Atualmente sou bandido.

— Por que você sequestrou a moça?

— Foi combinado o valor de três mil dólares para o serviço. Recebemos mil dólares de adiantamento.

— Quem contratou você para o serviço?

— Não sei o nome. Não me falou. Não mostrou o rosto. Estava o tempo todo coberto.

Enquanto o bandido falava, apareciam no monitor as imagens da cena entre ele, o comparsa e Edvard combinando a execução do serviço. José Violante emudeceu e assistiram, como num filme sonoro, toda a trama do sequestro. Edvard falando como deveriam agir, hora e local para o serviço, explicando com fotos do Centro e um mapa em cima da mesa. Ensaiaram várias vezes a execução do sequestro.

No dia da palestra entraram no Centro com o carro de Edvard. Usando uma escada, instalaram-se na biblioteca e aguardaram a chegada de Irene. Quando ela entrou, foi rapidamente subjugada e amordaçada. Entraram no carro e se dirigiram para o esconderijo. Foi tudo muito rápido.

No esconderijo, enquanto o outro comparsa vigiava Irene, José Violante saía para fazer as ligações.

Todas as cenas foram gravadas. Dr. Andersen confessou que estava profundamente chocado e ao mesmo tempo preocupado por ter o sistema de segurança do Centro sido violado por Edvard. O objetivo agora era descobrir como Edvard frustrou o Sistema do Centro, se ele agiu sozinho ou se alguém mais o ajudou.

— Nilce, faça uma análise individual em todos os funcionários e me informe sobre qualquer anormalidade.

— Sim senhor. Se ocorrer algo anormal gravarei para exame.

— Os sequestradores vão ser entregues à polícia?

— Não. Vou dar-lhes uma dose de esquecimento e apagarei da memória todo pensamento relacionado com o sequestro. Vou além, apagarei todos os pensamentos maus que tenham em suas memórias, pensamentos de fundo criminal, e os soltarei. Terão vida nova pela frente.

Resolveram descansar um pouco. Irene ainda estava dormindo numa Unidade de Recuperação do Centro. No dia seguinte, mesmo sendo domingo, todos os setores do Centro funcionavam. Mozart e Irene aproveitaram a parte da tarde para visitar o Museu de Arte da cidade e relaxar um pouco. Irene contou-lhe que naquela noite Edvard pediulhe que fosse até a biblioteca pegar uma fita de gravação.

À noite reprisaram a lua de mel, apesar do estresse do dia anterior.

Segunda-feira Dr. Andersen e Nilce estavam no Departamento de Recursos Humanos. Nilce havia descoberto uma ligeira perturbação no prontuário virtual de Edvard.

— Mozart, achei que Edvard não estava agindo sozinho e estou certo. Nilce revisou o prontuário de todos os funcionários e não encontrou quaisquer irregularidades. No prontuário de Edvard, porém, apareceu uma vibração muito sutil. Parece uma vibração mecânica que nada tem a ver com as vibrações de Edvard. Estamos analisando para descobrir de que se trata. Espero que tenha alguma ligação com o sequestro.

— Não consigo admitir que Edvard tenha agido de livre e espontânea vontade. Tive umas desavenças com ele, mas acredito na sua integridade. Pode ter sido manipulado por alguma força estranha. Irene é da mesma opinião.

— Pedi ajuda a Mayden. Ele tem mais contato com máquinas e, quem sabe, consegue explicar essa interferência. Deve chegar daqui a pouco e gostaria que você nos acompanhasse

— Por acaso vem mais alguém com ele?

— Quem, por exemplo? Ingrid?

— Sim.

— Ela sempre acompanha Mayden. Com certeza virá também.

— Irene vai gostar de encontrá-la.

Mayden e Ingrid chegaram. Foram direto para o Departamento de Recursos Humanos. Nilce já os esperava.

— Consegui amplificar um pouco mais o ruído — disse Nilce. A vibração aparece em dois momentos na semana passada.

Mayden e todos colocaram fones nos ouvidos, conectados ao prontuário.

— Esse ruído é interno de nossas naves — disse Ingrid.

— Que tipo de som?

Mayden explicou:

— Esse som intermitente é de baixíssima intensidade. Serve para manter a estabilidade psicossomática dos tripulantes, passageiros e estabilidade da nave. Esse som perdura mesmo com a nave desligada. Só desaparece quando é destruída, ou melhor, desintegrada. Serve também para atrair sinais de localização. Esse som vem de uma nave em operação, a ET-3451. Estranho! Essa nave foi desintegrada, era uma nave-teste dirigida por robôs Ekronianos. Eu trouxe o analisador, vamos conectá-lo e ver o que acontece.

Continuaram ouvindo o ruído.

— De fato está identificando a ET-3451, mas essa nave é a que caiu em Pasadena uns anos atrás e foi autodesintegrada, mas suas ondas permanecem ativas até agora. Não estou entendendo. Quem confirmou a desintegração? Alguém pode me informar?

— Mandei Edvard a Pasadena para confirmar a desintegração. Vou acessar seu relatório. Em outra máquina, Dr. Andersen acessou o relatório de Edvard e foi confirmada a implosão da nave.

— Esse som, de fato, vem da ET-3451, o que significa que ela está em operação, não foi destruída. Precisamos localizá-la.

Um pensamente de esperança veio à mente de Mozart. "Edvard foi induzido, obrigado por algum motivo irrecusável a praticar o sequestro".

Foram para a sala de Controle de Tráfego e registraram a posição de todas as naves de Ekron na Terra e no espaço. Nada da nave ET-3451. A preocupação de todos aumentou em saber que um disco voador de Ekron poderia estar em mãos criminosas. De repente, Dr. Andersen levantou-se bruscamente da cadeira e pediu a presença urgente de Reynaldo, o chefe da Segurança.

— Reynaldo. Você já despachou os dois bandidos?

— Ontem mesmo, depois do interrogatório.

— Sabe onde os deixou?

— Sim, perto do esconderijo.

— Localize-os e os traga de volta o mais rápido possível.

Todos entenderam o raciocínio do Dr. Andersen: extrair deles mais alguma informação sobre outra pessoa envolvida no sequestro e, talvez, alguma informação sobre a nave ET-3451. Minutos depois veio o retorno de Reynaldo via rádio.

— Dr. Andersen, localizamos os indivíduos. Má notícia: estão mortos, queimados.

Dr. Andersen mostrou-se inquieto:

— Eis a prova de que há mais alguém por trás de tudo isso. Preocupa-me, pois nos deixam vulneráveis a um possível ataque. Mozart, você e Irene precisam de redobrados cuidados. Não se afastem muito do Centro, porque você é o alvo principal. Vou designar dois agentes de segurança para acompanhá-los vinte e quatro horas até conseguirmos descobrir o quê, de fato, está ocorrendo.

Mozart e Irene resolveram fazer algumas compras no Centro da capital. Dois agentes de segurança os acompanharam. Irene encantou-se com as vitrines de roupas e calçados femininos. Apesar de aparentarem descontração, estavam tensos, olhando desconfiados para todos os lados e para todas as pessoas ao redor. Estavam saindo de uma loja quando ouviram chamar:

— Senhor Mozart, senhor Mozart.

Os seguranças barraram um senhor que tentava se aproximar do casal.

— Por favor, deixe-me falar com ele.

Mozart e Irene se assustaram com a insistência da pessoa.

— Sou eu, Barreto... major.

Mozart e Irene abraçaram o major sob os olhares cautelosos dos seguranças.

— Major Barreto, é um prazer revê-lo.

— Major, não. Só Barreto. Antonio Barreto de Souza, civil. Permita apresentar minha mulher Carol e minha filha. Carol, este é o senhor Mozart, de quem lhe falei, e Irene, sua esposa, suponho.

— Sim, nos casamos em Terra Verde. Mas me conte, como vão as coisas?

— Pedi baixa naquele mesmo dia que saí de Terra Verde. De início o Comando não aceitou meu desligamento, mas insisti e deu certo.

— Deu certo nada — falou a esposa de Barreto. Depois de tirar vinte dias de cadeia sob ameaças de tortura, foi solto. A sorte dele foi a interferência de um tal Dr. Hamilton, Anderson..., não me lembro bem o nome.

— Dr. Andersen — completou Barreto. Não conheço quem é, mas o coronel-chefe do DOPS disse que o Dr. Andersen é da cúpula do governo, que iam me liberar, mas que iam ficar de olho em mim.

Despediram-se.

Mozart e Irene entreolharam-se surpresos e comentaram que, talvez, Índio estivesse envolvido nessa história.

Em duas horas cobriram uma parte das lojas, algumas compras foram feitas por Irene e resolveram almoçar.

No restaurante a tensão diminuiu. Na mesa ao lado, os dois agentes vasculhavam com os olhares atentos todo o ambiente e movimento do estabelecimento. Retornaram ao hotel, desembrulharam as compras e fizeram amor. Acordaram com o telefone tocando. Era a recepcionista do hotel.

— Senhor Mozart, telefone para o senhor.

— Alô.

— Mozart, é Dr. Andersen. Pode vir até o Centro, agora?

— Sim, irei imediatamente.

Irene fez questão de acompanhá-lo. No Centro de Pesquisa estavam reunidos vários funcionários, todos graduados nas suas funções. Eram chefes e diretores dos departamentos do Centro.

— Senhores, temos notícias sobre a o nave ET-3451. Descobrimos que ela está operante fora da Terra. Isto quer dizer que, alguém, que supomos ser um alienígena de Zeta, está operando a nave com objetivos nada pacíficos para chegar ao seu planeta e copiar o funcionamento dos discos voadores. Ainda não conseguimos localizá-la. Seu operador deve ter modificado os instrumentos de rastreamento automático da nave, de modo a dificultar sua localização. Peço a todos vocês que se mantenham alerta em seus departamentos, vinte e quatro horas ininterruptamente, até que consigamos furar a defesa da nave e localizá-la. Comuniquem qualquer detalhe descoberto. Enfatizo a necessidade da atenção redobrada, pois está em jogo a segurança do Centro, de todos nós e da Terra.

— Qual realmente é a gravidade?

— Eles podem acessar nossa tecnologia e terão condições de entrar na atmosfera. Outros planetas deste sistema solar poderão ser, também, invadidos. Cabe a nós evitar que isso aconteça. Não podemos, por ora, alertar as autoridades da Terra, pois nada podem fazer.

— Há alguma medida preventiva que possa ser tomada?

— Preventiva, nenhuma. Como eu disse, precisamos localizar a nave e tentar destruí-la. Não temos aqui na Terra, nem na Estação Kappa 315 uma nave de guerra, com armas as necessárias de interceptação, mas já solicitei providências à Estação Kappa 133 para que tentem localizá-la.

Mozart e Irene decidiram ficar mais tempo no Centro, aguardando alguma notícia da Estação Kappa 133. Em frente à tela de localização os técnicos percorriam o espaço em busca de algum sinal da ET-3451. O dia amanheceu sem resultados. Mozart e Irene voltaram ao hotel.

O desânimo, cansaço, preocupação atingiram a todos. Mozart e Irene resolveram ligar para Terra Verde e contar para Índio e Baltazar o que estava ocorrendo. A par desses fatos, Índio comentou:

— Algo estranho aconteceu aqui em Terra Verde há alguns dias. Um disco apareceu durante o dia e se manteve paralisado mais de uma hora no ar, deixando o povo de Terra Verde alvoroçado. Estranhei esse tipo de manobra nunca usada pelos Ekronianos e também estranhei a presença desse disco após a desintegração do laboratório e do disco que você fotografou. Não havia motivo que justificasse esse aparecimento. Curioso para descobrir o motivo, liguei o meu telescópio, que mantenho na sala da minha casa e que, na realidade, é um emissor de rastreamento, e lancei um rastreador de ondas. Acho que esse disco é a nave ET3451. Mozart, aguarde na linha um instante, por favor.

Índio ligou o seu rastreador e voltou ao telefone.

— Mozart, fale para o Dr. Andersen conectar meu emissor de rastreamento.

Passava das oito horas da noite, quando um sinal de alerta da Estação Kappa 133 tocou insistentemente.

— Dr. Andersen, a nave ET-3451 está com o campo invisível e sem emissão de som. Difícil localização.

— Ok. Tentaremos por aqui.

Mozart ligou para o Centro.

— Dr. Andersen, telefone para o senhor, é Mozart.

— Dr. Andersen, Índio pediu para conectar o rastreador dele em Terra Verde.

— Bingo! É a ET-3541, continua invisível e... estranho, está estacionada perto da Estação Kappa 315. Centro da Terra para kappa 133, localizamos a nave. Está estacionada no espaço, siga as coordenadas que estão na tela.

— Localizei. Não está estacionada, está em velocidade muito baixa. Deve estar com algum defeito, ou seu operador não consegue manejá-la. Seu condutor, certamente, é Zetaiano. Aguardo ordens.

— Utilize "operação resgate", conduza a nave até um ponto mais próximo, pode ser a Lua, aprisione o Zetaiano, desintegre a nave e leve o prisioneiro para Ekron para interrogatório.

— Será feito. Acompanhe a operação.

A aproximação foi imediata. Um tiro certeiro anulou a invisibilidade da nave. Em questão de segundos foi arrastada para a Lua. Ao pousar, o Zetaiano foi imobilizado e a nave ET-3451 foi desintegrada. O alívio tomou conta de todos. Dr. Andersen disse que a tecnologia da nave pode ter sido transmitida para Zeta. Se isto ocorreu, a Terra correrá o risco de invasão.

Após esse incidente, foi solicitada à agência de inteligência de Ekron que mantivesse uma vigilância rigorosa sobre o planeta Zeta e se os Zetanianos receberam informações do condutor da nave ET-3451.

O Centro agendou várias reuniões com outros cientistas. Os temas foram os mesmos, reforçados com alguns eventos, como o caso da nave ET-3451.

Apesar de todos os percalços, Irene estava entusiasmada com as reuniões. Ela foi palestrante em algumas delas. Foi reforçada a vigilância no Centro, verificadas as instalações e os registros de segurança e não foram encontradas quaisquer irregularidades. Por sugestão do Dr. Andersen, Mozart e Irene tiraram uns dias de folga. Achou desnecessário manter a segurança pessoal de ambos, tendo em vista a eliminação na nave roubada e captura do inimigo.

Mozart e Irene foram a um restaurante recomendado por Dr. Andersen: "Distefano".

Restaurante cheio, nenhuma mesa desocupada.

Foram atendidos por um garçom jovem, louro, olhos claros, tipo caucasiano de nome Drake.

— Boa noite, meu nome é Drake. Em que posso servi-los?

— Queríamos uma mesa, mas pelo que vejo, a casa está cheia.

Mozart fitou seus olhos e uma faísca de luz atingiu Mozart.

— A casa está sempre cheia, mas tenho uma reserva para o jovem casal.

— Reserva? Não fiz nenhuma reserva.

Levou-os até uma pequena sala, uma suave música ressoando, mesa posta com requinte, toalha de renda, castiçal com velas acesas.

— Queiram olhar o cardápio, por favor. Volto em seguida.

Mozart comentou com Irene a marca do "escolhido". Ela também a percebeu. Como não estavam acostumados a comer em restaurantes, resolveram seguir a sugestão do garçom.

Drake voltou com uma garrafa de vinho francês.

— Gentileza da casa — sorriu.

— Obrigado, gostaríamos da sugestão para uma refeição leve. O que sugere?

— Frango, peixe, carne bovina, suína? Aqui no cardápio. Veja se o acompanhamento lhes agrada.

— Salmão ao molho de maracujá.

— Em trinta minutos, está bem?

— Perfeito.

Degustaram o vinho durante a espera, aproveitaram para namorar e recordar um pouco de Terra Verde. Sentiram saudades do hotel, de Baltazar e Índio, das ruas arborizadas, do ar fresco e puro da cidade. Resolveram visitá-los.

Chegaram de manhã em Terra Verde, como sempre linda e aconchegante. Foram recebidos pelos amigos e os pais de Irene.

Mozart contou a eles, nos mínimos detalhes, sobre a nave ET-3451

— Adivinhe quem está trabalhando no hotel como atendente? — comentou Índio.

— Não tenho a menor ideia.

— Seu amigo Clayton, lembra-se dele? Está totalmente curado, voltou à Terra Verde por uns tempos, mas quer voltar para a estação. Disse que quer trabalhar e ajudar no Departamento Médico de Recuperação na Estação Kappa 315. Parece que ele e Yolanda estão se entendendo muito bem.

INVASÃO DAS NAVES INIMIGAS

Em fins de 1988, o povo comemorava a promulgação da Constituição Federal, o pontapé inicial para enterrar o regime militar. As incertezas quanto ao futuro do país, no entanto, ainda existiam.

Nasceram os filhos de Mozart e Irene. Andreu, o mais novo, apresentava uma semelhança com a mãe; Everton, o mais velho, puxou a aparência do pai.

Morreram os pais de Irene, Baltazar e Índio. Mozart e Irene foram aos velórios, consternados com as perdas. Baltazar legou o hotel para Juracy e atendentes, como prêmio pelos serviços prestados por elas.

No velório de Índio, Juracy entregou a Mozart um livro a pedido do irmão. Era o livro que procurou na biblioteca de Terra Verde: "Discos Voadores", por M. Polo I. Marco Polo Ingh, ou seja, Índio.

Mozart manuseou o livro com cuidado. Descobriu a folha com a paisagem da colina onde se encontrava o disco voador. No final do livro havia um símbolo desconhecido. Abaixo do símbolo, uma advertência escrita a mão por Índio: "Mozart, guarde este símbolo. Você se lembrará dele na próxima geração. Índio".

Mozart perguntou ao Dr. Andersen sobre o significado do símbolo.

— Ele é sua ligação definitiva com o planeta Terra.

O tempo passou. Foram anos e anos de trabalho na conscientização, preparação dos mandatários e população para enfrentarem as adversidades quando vier a transformação. Cientistas e escolhidos um dia retornarão à Terra com a permissão Superior e com todos os conhecimentos adquiridos para reconstruir o planeta.

Nas palestras foram abordadas questões dos conhecimentos e como utilizá-los. Em todas elas foi exibido um filme longa-metragem, em cuja montagem foram utilizadas as análises estruturais da Terra, coletadas durante séculos, e mostravam como seria a alteração que sofreria o planeta. Todos foram alertados sobre as cenas que iriam assistir e que o documentário não era uma visão do futuro e sim uma previsão construída a partir daquelas análises e dados recentes coletados pelos cientistas. Foram horas e horas de exibição. Em síntese, foram exibidos furacões, ciclones, tornados, erupções vulcânicas terrestres e marítimas, terremotos, inundações em todos os continentes; o desvio do eixo do planeta e a acomodação das placas tectônicas; o derretimento das geleiras e da calota polar aumentando violentamente o volume dos oceanos; chuvas torrenciais em alguns lugares, inundando e varrendo do mapa cidades inteiras, e sol escaldante em outros, causando incêndios incontroláveis; populações sendo dizimadas aos milhões; alimentos e produtos básicos sendo transformados em lixo; guerras entre as nações, manipuladas pelos poderes governantes, negociatas espúrias em detrimento da população.

A Oceania, a África e a Europa são os continentes mais prejudicados com as turbulências.

A Ásia, o maior continente do planeta com seus 44.000.000 quilômetros quadrados, apresenta certa recuperação ajudada pela tecnologia japonesa.

A África, o continente mais populoso da terra, foi atingida parcialmente, apesar de constar nos estudos científicos que seria a mais prejudicada. A intensificação da turbulência mostrou a possibilidade dela se ligar à parte sul do continente americano.

A América do Norte, acostumada com tufões e furacões, controla as tragédias de forma política, envolvida que está com as guerras externas em curso.

A América Central, com sua localização crítica na parte baixa do hemisfério norte e a inépcia secular de seus governantes está praticamente arrasada.

A América do Sul apresenta certa fragilidade, principalmente nos países banhados pelo Oceano Pacifico ou próximo a ele, mas, a duras penas, está conseguindo recuperar parte das perdas.

O Brasil, banhado pelo Oceano Atlântico, vem contabilizando a perda de parte do seu território, mas apresenta algumas regiões ainda não atingidas pela turbulência. Isto significa que está, ainda, um pouco distante da destruição total. As áreas mais prejudicadas são, obviamente, as litorâneas.

A Antártida, de extensão maior que a Europa, já sofreu alteração na sua estrutura sólida e perdeu trinta por cento do seu território, inundado pela elevação do nível do mar e o derretimento das geleiras.

Os cientistas contabilizam diariamente os efeitos das catástrofes e emitem um alerta mundial, sugerindo imediata transferência de parte da população dos territórios em vias de desaparecimento para as regiões menos atingidas. Alguns países concordam com a sugestão. Outros, menos atingidos, refutam a ideia, temendo superpopulação em seus territórios e o consumo dos bens essenciais ao seu povo.

Regiões menos atingidas são catalogadas e populações em perigo são transferidas para essas regiões. Naves Ekronianas de resgate, com capacidade para cinco mil passageiros mais seus pertences, transportam os sobreviventes para as Estações de Apoio Kappa, onde viverão até que o planeta dê condições de retorno. O trabalho de resgate e transporte é ininterrupto.

No final da exibição a consternação era geral

Após a última palestra, todos os Centros Ekronianos distribuíram para os governantes cópia do livro de Índio, reeditado, traduzido em todas as línguas e dialetos, cujo conteúdo provava a existência dos discos voadores, seus objetivos na Terra, a decadência do nosso planeta e quais as providências que podem ser tomadas para minimizar seus efeitos. O livro original foi escrito em mil novecentos e quarenta e cinco, editado em volume único em Terra Verde. A leitura do livro abriu as mentes de todos, povos e governantes, para aceitação da ingerência dos Ekronianos. A aterrissagem dos discos voadores causará, de início, certa apreensão, num misto de curiosidade e medo, mas aos poucos acabarão aceitando os alienígenas como habitantes da Terra.

ANO DE 2025

A primeira aterrissagem foi programada para uma área a trezentos quilômetros de Las Vegas, no deserto de Nevada, sob rígida vigilância das Forças Armadas. Somente autoridades internacionais, organizações convidadas e imprensas oficiais, todos identificados por crachás, tiveram acesso ao evento. Desta forma, evitou-se uma possível comoção popular e atividade de grupos subversivos contrários à presença alienígena.

Dr. Andersen, Mozart e Irene foram indicados para recepcionar os visitantes. Era para ser uma solenidade sem quaisquer distúrbios, face o forte esquema de segurança montado pelo governo dos Estados Unidos. Entretanto, ao se abrir a porta do disco, um grupo de dez pessoas, infiltradas no setor das organizações convidadas, correu em direção do disco, gritando: "Fora, gringos". Entraram atropelando os Ekronianos. A gritaria parou, o grupo emudeceu. Os tripulantes do disco retiraram os manifestantes, todos inconscientes, e os entregaram à Segurança. O ambiente interno da nave mantinha, no momento, a atmosfera de Ekron, irrespirável para os invasores O incidente movimentou toda a força de segurança, e agentes à paisana vasculhavam a multidão e à procura de novos manifestantes.

Os tripulantes da nave usavam trajes especiais, pois não se adaptavam à atmosfera da Terra, o que causou certa decepção nos presentes que contavam em vê-los a descoberto. Dr. Andersen, Mozart e Irene dirigiram-se à nave e contornaram a possível manifestação hostil por parte da tripulação.

O que aconteceu daí por diante resumiu-se em apresentações, fotos, filmagens, traduções das conversas e explicações dadas pelo Dr. Andersen, Mozart e Irene. Durante vários dias participaram de entrevistas em rádio e televisão com audiência mundial, para esclarecimentos e orientações com relação à convivência do povo com os alienígenas que já vivem na Terra e como identificá-los. Essas entrevistas basearam-se no conteúdo do livro editado por Índio, em mil novecentos e quarenta e cinco, o que facilitou bastante a compreensão, principalmente para aqueles que o leram.

Alguns anos se passaram e o Centro funcionava em constante vigilância, pois rebeberam das Forças Armadas de Ekron um comunicado para iniciarem uma varredura diária do espaço. Foi informado que um número muito grande de naves de guerra de Zeta dirigiam-se em direção à Via Láctea. A apreensão foi geral.

Dois meses depois desse aviso soou alerta informando que naves Zeta 5 deixaram Traslidi e estavam circundando a Estação Kappa 133, sem causar danos a ela. Naves de guerra Zeta 15, em número maior, estavam se dirigindo para a Via Láctea, próximos da Estação Kappa 315. Naves Zeta 30, em número de mil, estavam contornando a galáxia e nave Zeta 3000 seguia em direção ao sistema solar.

— Mais essa agora! — comentou Mozart.

— Vamos analisar o tamanho desse problema — falou o Dr. Andersen. As naves Zeta 5 não nos incomodam muito, pois são naves de reconhecimento. As naves Zeta 15 e Zeta 30 são naves de guerra. Com certeza tentarão invadir a Terra e com o nosso sistema de defesa despreparado, não temos como resistir. Vamos concentrar todos os esforços para enfrentar possível invasão. A nave Zeta 3000 é famosa: além de "colheitadeira", é ela que comanda todas as outras naves, é o centro das operações.

— Quanto tempo até a chegada dessas naves?

— Era o que eu ia comentar. Alguns meses ou dias. O Comando Central de Ekron está preparando naves de guerra para enfrentar os Zetaianos, caso se aproximem da Terra.

Receio que os Zetaianos tenham encontrado um meio de furar o bloqueio das camadas de ar da Terra.

Foram emitidos alertas para todos os governantes, mas a população foi poupada para evitar pânico. Todas as informações da Terra eram confrontadas com as informações de Ekron. As últimas notícias não eram nada boas.

Alguns meses se passaram e Dr. Andersen programou uma reunião com vários cientistas da Terra e de Ekron para determinarem o tempo que os habitantes ainda teriam até uma possível invasão. As naves inimigas estavam cada vez mais próximas da Terra.

Um chamado do Comando Central de Ekron interrompeu a reunião.

"Alerta geral. Zetaianos desenvolveram tipo avançado de invisibilidade e proteção das naves, dificultando interceptação. Impossibilidade imediata de ataque ao inimigo. Nave Zeta 3000 direcionada para a Terra. Prontidão de todas as Forças Militares do planeta".

O povo da Terra foi alertado da invasão. A preocupação foi geral e o medo tomou conta de todos.

Todas as nações abriram seus arsenais de guerra; mísseis e bombas nucleares prontos para disparo, aviões de combate em funcionamento, porta-aviões preparados, todo efetivo militar à disposição dos Comandos Militares. O mundo inteiro entrou em expectativa. Satélites de rastreamento enviavam imagens de naves circundando o planeta como um enxame de abelhas. Naves de Ekron entraram em combate, numa batalha sem precedentes na história. Telas do mundo inteiro mostravam explosões nucleares. Somente algumas naves inimigas foram desintegradas, talvez devido a alguma falha no sistema de invisibilidade, causando um espetáculo como fogos de artifício. Estilhaços do material destruído conseguiram furar as camadas da atmosfera e atingiram várias cidades com vítimas. Uma pequena parte da frota inimiga foi desmantelada. Naves Zeta 30 e a colheitadeira Zeta 3000 livraram-se da batalha e entraram na atmosfera da Terra.

— Estilhaços de naves entraram na atmosfera? Isso é preocupante, significa que descobriram como entrar. Teremos problemas a qualquer momento.

Não demorou muito.

"Notícias da África do Sul informam que naves alienígenas estão bombardeando a capital e uma nave estranha, enorme, pousou nos arredores da cidade do Cabo".

— É a nave colheitadeira — comentou Dr. Andersen. O tamanho dessa nave atinge dez quilômetros de envergadura e dá para imaginar o quanto será pilhado por ela.

Aviões de ataque de vários países entraram em combate com as naves alienígenas. Os Estados Unidos mandaram o melhor de seu armamento e soldados, mas foram rechaçados. Os projéteis resvalavam no campo magnético de proteção das naves. As naves de Zeta eram indestrutíveis. Poucos aviões dos aliados foram poupados. Naves Ekronianas tornaram a agir e abateram algumas naves. Mesmo assim, os alienígenas continuaram resistindo e a Zeta 3000 pilhava tudo que aparecia à sua frente: mercadorias, máquinas, animais, seres humanos, com uma voracidade extrema. Tentativas de destruí-la redundaram inócuas.

O Comando Militar dos Estados Unidos convocou uma reunião de emergência na Base de Pesquisa e Informações Sigilosas situada no deserto de Mojave, a oitenta quilômetros da base aérea de Edwards. Todos os comandos militares da Terra e de Ekron compareceram. Dr. Andersen e Mozart também foram convocados. Arlison, um "escolhido", comandante das Forças Militares Ekronianas, comentou a dificuldade de eliminar as naves Zeta.

— Pelas nossas análises, temos duas opções: lançar a bomba mais poderosa existente em poder dos Estados Unidos sobre a Zeta 3000 ou descobrir algum ponto frágil das naves inimigas. As duas opções são de alto risco.

A primeira proposta foi rejeitada por unanimidade devido aos efeitos colaterais: uma área enorme seria totalmente devastada e inutilizada por muitos séculos, sem contar com as dezenas de milhares de vítimas. A segunda opção foi aceita e teria a participação direta dos militares Ekronianos.

Foi convocada uma força tarefa militar especializada em ataques de risco, força essa montada por especialistas do alto escalão Ekroniano com a participação de oficiais de vários países, cientistas e técnicos Ekronianos. A função dessa equipe era descobrir, decifrar o segredo que protegia as naves Zeta. O objetivo principal era capturar uma dessas naves e, se possível, aprisionar seu piloto.

O esquadrão, composto de cinquenta naves, das quais cinco acompanhavam o oficial Arlison, especialista em campanhas militares. Seus conhecimentos de estratégias adquiridos em várias batalhas pelo vasto Universo davam-lhe o crédito para a operação. Era considerado um herói em seu planeta. Irradiava confiança e seu otimismo contagiava a todos seus comandados.

A equipe seguiu para a região africana.

As quarenta e cinco naves do cordão de isolamento foram recebidas com a artilharia inimiga. Na batalha poucas baixas inimigas e nenhuma baixa Ekroniana.

— Comandante, nave Zeta estacionada à direita.

— Isole imediatamente.

— Procedido.

Novos ataques de naves Zeta retardaram a captura da nave isolada que, por algum motivo técnico, permanecia no solo, colada pelo raio de isolamento. Dois alienígenas Zetaianos saíram da nave com roupas espaciais e foram aprisionados pelos soldados Ekronianos. A nave capturada foi rebocada para a base em Mojave. Um grupo de cientistas militares examinou minuciosamente a nave, desmontou peça por peça, dissecou seus componentes, mas não se chegou à conclusão desejada.

Enquanto isso, a Zeta 3000 causava o maior estrago em solo africano.

O comandante Arlison interrogou os alienígenas presos. A compleição física deles assustava pela estatura baixa, medindo no máximo um metro e meio, corpo peludo, com a cara semelhante a um bulldog. Assustava mais que a visão de um lobisomem.

— Por que estacionaram?

— Defeito na nave.

— Que defeito?

— Não digo.

— Como funciona a proteção da nave contra os mísseis?

— Não digo. Não respondo mais nada.

— Muito bem, eu tenho meios de obter as respostas. Vocês conhecem o sistema de sucção de memória, inventado por vocês mesmos e aplicado nos seus prisioneiros de guerra. Vou colocá-los na máquina e vocês sabem o que vai acontecer. Garanto que vocês não vão gostar.

— Você não pode fazer isso, é contra a Lei Superior. Você será destituído.

— Prefiro ser destituído a permitir as matanças e pilhagens que estão sendo feitas por vocês.

— Você não vai fazer isso vai?

— Pode apostar que sim.

— Duvido, você não tem coragem.

A máquina de sucção de memória é um suplício inventado pelos Zetaianos e proibido pela Autoridade Maior, pois suga a memória do indivíduo, não o mata, mas deixa-o paralisado definitivamente e o transforma num parasita.

O comandante Arlison interrogou o segundo prisioneiro.

— E você quer colaborar ou também vai para a máquina?

Nenhuma resposta. Permaneceu calado.

— Comandante, descobrimos o sistema e proteção das naves. O problema é que não temos o código e senha para desativar.

O comandante dirigiu-se para os dois Zetaianos:

— Vocês vão colaborar ou não?

Nenhuma resposta.

— Tragam a máquina.

Arlison percebeu certa agitação no segundo prisioneiro, ele estava apavorado. Levou-o para outra sala. Minutos depois voltou e abortou a operação "máquina". O prisioneiro informou a senha e o código.

— Mantenham a máquina no lugar, vamos ver se são corretos. Senão...

Cem naves Ekronianas e duzentos bombardeiros aliados levantaram voo. Sobrevoaram os naves alienígenas e as destruíram. As naves inimigas que circundavam a Terra entraram na luta. Apesar de em menor número, os Ekronianos não foram atingidos. A batalha chegou ao fim e as naves alienígenas restantes fugiram. Zeta 3000, a colheitadeira, foi desintegrada.

Dr. Andersen pediu a análise dos estilhaços de naves que caíram em terra e a conclusão foi que não apresentavam nenhum vestígio de alteração que permitisse a entrada na atmosfera terrestre.

— Isto significa que entraram por alguma falha nas camadas atmosféricas. Precisamos urgentemente descobrir e corrigi-las para evitar nova invasão.

Mozart, que até o momento manteve-se calado, observando os acontecimentos, imaginou a existência de um possível buraco na atmosfera da Terra e sentiu uma vibração muito forte.

— Há uma passagem sobre a República do Congo num círculo de mil metros de diâmetro. Conseguiram vazar para o espaço as cinco camadas de gases da atmosfera daquela área. Ela continua aberta, mas com a ausência das naves alienígenas ela se fechará em alguma horas. Entretanto, se tentarem entrar, a qualquer momento a brecha poderá se abrir novamente. Devem ter descoberto um sistema para neutralizar a resistência da nossa atmosfera naquele local. Aconselho uma vigilância ininterrupta e anular esse sistema.

Os estragos foram enormes. A frota Ekroniana não sofreu baixas, cento e sessenta e dois aviões americanos e de outras nações foram abatidos, cidades do território africano foram varridas do mapa, o número de mortos ultrapassou quinhentos mil.

A paz voltou no planeta, por enquanto.

Everton faleceu. Mozart, Irene e Andreu resolveram morar numa das Estações Kappa, distante da Terra. Lá o tempo não passa, as pessoas não envelhecem, seguem o sistema de vida do planeta Ekron e o falecimento se dá quando chega a hora.

Dr. Andersen cumpriu seu tempo de vida e o Centro foi transferido para uma parte preservada na região amazônica.

Ekron fixou naves de defesa em volta do planeta Terra, monitorando ininterruptamente a movimentação dos Zetaianos.

A vida na Estação Kappa segue normal, com todas as atividades próprias de uma pequena cidade e com toda infraestrutura necessária para se viver tranquilamente. Mozart perdeu a noção do tempo. Não sabia se estava no ano de 2038 ou 2050. Perdeu Irene. Enquanto aguarda sua partida, assiste com lágrimas nos olhos a transmissão direta da Terra, ao vivo e em cores. A transmissão televisiva é assistida por todos, adultos e crianças, com o objetivo de conscientizar todos para a necessidade de cuidar do planeta quando voltarem.

Mozart ultrapassou os cento e vinte anos. Estava cansado. Seu corpo e sentidos perderam, aos poucos, suas funções. Seu filho Andreu o amparou na caminhada lenta até a poltrona frente à lareira. Seus olhos se fecharam para sempre e, fechados, viu Irene sorrindo ao seu lado.

Porto
de Idéias
EDITORA

www.portodeideias.com.br